西新宿 幻影物語

幻影物語

小林栗奈

西新宿 幻影物語

小林栗奈

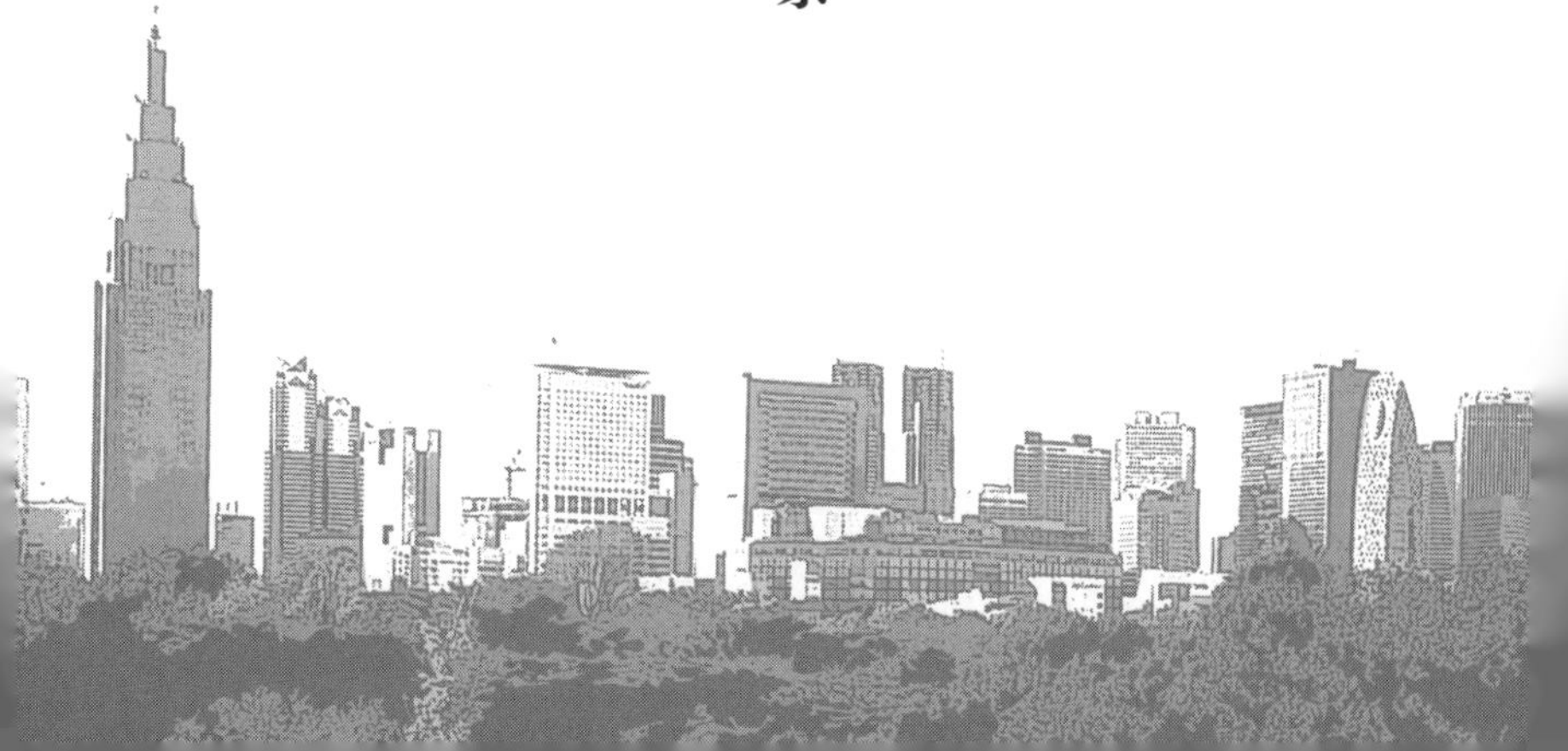

一　銀の時計

暗灰色の鳩たちが、ゴミ袋からこぼれた餌を突《つつ》いていた。

通りの店のほとんどはまだシャッターを下ろしていて、作業中のゴミ収集車の傍《かたわ》らを、スーツ姿の男女が足早に通り過ぎて行く。誰もが疲れた、無関心な顔をして。

爽やかとは言い難《がた》い朝の風景だが、それでも春近い風を受けて由紀乃《ゆきの》の頬は自然に緩《ゆる》んだ。雑多な町の香に微《かす》かに混じるのは、焼きたてのパンの匂いだった。

「おはようございます、高木さん」

「いらっしゃいませ」

雑居ビルの一階に入っているベーカリーは夫婦二人で営む小さな店だが、自家製酵母で作ったパンは全国紙で取り上げられたこともある人気商品で、一日に二度、焼き上がりの時刻には店の前にちょっとした行列ができるのだった。

「おはようございます」

「今日は寒いねえ」

ジョギング中に立ち寄る青年や、出勤前のサラリーマン。

名前は知らないし、長く話すこともないが、何となく顔見知りになって朝の挨拶を交わす相手は幾人もいた。

「柿の酵母パン、美味しかったよ」

トングを手に迷っていると先に会計を済ませた常連客の一人が、由紀乃に声をかけてきた。

「それにしようかな。でも紅茶のスコーンも捨てがたい」

ライ麦パンのサンドイッチも、イチジクとクルミのパンも、オリーブパンも、あれもこれも迷いだすときりがなく、由紀乃は唸《うな》った。昼やおやつの分もまとめて買っても良いのだが、やはり二度目の焼き上がりに合わせて来店すべきだろう。

少しずつ、色々な種類が食べたい。

考え込んでいるところへ、新たな客がやって来た。

「おはようございます」

「あらあら、美樹《みき》ちゃん、この寒いのに上着も着ないで」

パンを棚に並べていた高木の妻が目を細める。

「平気です」

二月の上旬だというのに、上着も羽織らず小さな財布だけを手にした少女は明るく笑った。

「だって、すぐ上だもん」

ベーカリーが入っているのと同じビルの三階に、彼女が暮らす部屋があるのだ。窓を開けると、オーブンの鉄板が触れあう音、霧吹きで水を吹く音まで届く距離だ。焼きたてのフランスパンの皮がたてるパリパリした音までも聞こえるという。

「おはよう、美樹！　待ってた」

「おはようございます、由紀乃さん」

「今から朝ごはんでしょう？　わけっこしよう」

「はい」

美樹がうなずくと、今時珍しいほど漆黒《しっこく》でサラサラの髪が肩先で揺れた。いつ見ても、日本人形みたいな子だと由紀乃は思う。顔だちが整っているというだけでなく、どこか浮世離れした雰囲気が美樹にはあった。

普段は無邪気であどけないほどなのに、ふとした拍子に老成と言って良いほどに大人びた眼差《まなざ》しをする。九歳という実際の年齢を知っているのに由紀乃は時おり、美樹が三十三歳の自分よりずっと大人の女性に感じられることすらあるのだ。

「あ、ウサギビスケット！」

人気商品の一つでもある動物の形をしたビスケットの中に目当てのウサギを見つけて弾んだ声をあげる姿は、小さな子どもそのものだけど。

小さく笑って由紀乃はウサギ型のビスケットをトレイに取った。ライ麦パンのサンドイッチとイチジクのパン、美樹が好きなクロックムッシュ、それから紅茶のスコーンを四つ。

「スコーンはおやつとして、これで足りる？　坂井君は？」

「尚也《なおや》君は、まだ寝ていたから」

同居している若い叔父を、美樹はそう呼んでいた。

「寝ている？　早朝ミーティングに呼び出したのは坂井君でしょうに」

尚也は、由紀乃がパラリーガルとして勤務している法律事務所の弁護士だ。

所属弁護士が二名と、事務を担《にな》う由紀乃、プラスアルファという小規模な事務所だから上司部下というほど厳密な関係ではないが、職務権限で早朝ミーティングの呼び出しをかけておいて、自分はまだ寝ているとはどういうことだ？

「たぶんもう起きている、と思う」

いささか心もとない口調で美樹は続けた。

「七時半に事務所でミーティングって、昨日の夜ちゃんと言ってたから。でも遅くまで起きてたみたいで」

由紀乃はトレイを手にレジに向かった。

「今そんなに忙しくないはずだけど」

スケジュール管理は由紀乃の仕事の一つだ。尚也の仕事ぶりは誠実で熱心なものだが、ガツガツとしたところはなかった。事務所の所長である島田弁護士も過剰労働には目を光らせているから、せわしないこの町には珍しく、のんびりとした仕事場なのだ。

「何か、心配事でもあるのかな」

ポツンと美樹が言った。

「私のことで、また、何か言われたとか」

彼女がふいに大人の眼差しをするのは、こんな時だ。

四年前に両親を事故で亡くした少女は、自分を引きとった叔父に対して、見ていて苦しくなるほどに気を使う。美樹は尚也が大好きで、尚也も美樹を大切にしていることは、誰が見てもわかりきったことなのに。

「ゲームでもしてたんでしょ」

九歳の姪《めい》に心配かけてどうする。

吐息を押し隠して、由紀乃は美樹の頭をポンと叩いた。

セキュリティカードをかざして解錠すると、思った通り事務所にはまだ尚也の姿はなかった。明かりと空調をつけ給湯室で湯を沸かす。美樹が皿を出してきて、カフェスペースにしている丸テーブルにパンを並べた。

美樹が紅茶を入れて、由紀乃が冷蔵庫にあった林檎《りんご》をむいてデザートの準備をしてもまだ、尚也は姿を現さなかった。

「呼びに行った方が良いかな」

美樹が天井を見上げた。事務所は二階、尚也の住居は三階にあるのだ。

「子どもじゃないんだから、本当に重要な打合せなら自分で起きて来るでしょう。先に食べましょう」

由紀乃はサンドイッチに手を伸ばした。

「由紀乃さん、怒ってます？」

「怒ってない、ない。仕事はあんなにキッチリしているのに、なんで私生活はルーズなのか、ちょっと呆《あき》れているけど」

「なんでですかねえ」

美樹もため息をついた。

「スーツを着てビシッとしてたら、凄《すご》く格好良いのに」

「あの外面《そとづら》の良さと人たらし能力は、もはや才能だわ。まあ、弁護士としては強みかもしれないけど」

「それに、優しい」

美樹が言った。

「尚也君は、いつでも誰にでも優しいですよね。だから、みんな安心して話をしてくれる」

「どうしたの？」

「私には、全然できない。みんなの話をちゃんと聞くことも、迷っている人に話すことも難しくて」

「それは当たり前でしょ。美樹はまだ子どもなんだから」

突き放したように聞こえないように、口調をやわらげて由紀乃は続けた。

「焦《あせ》らなくても、十年もたてば坂井君よりよっぽど立派にやっていけると思うわよ。これは気休めじゃなくて、坂井君の幼なじみで、彼のこと昔から知っている私が言うんだから間違いない」

「尚也君は、どんな子どもだったんですか？」

「うーん。頭が良くて、こまっしゃくれた子？」

由紀乃は少し考えてから、率直に答えた。

「本家の坊ちゃまだったから、周囲からもそういう風に扱われていた。ちょっと特別な存在だったかな」

カシャン。

その時、事務所の入口で鍵が開く音がしたので、由紀乃は言葉を切った。約束の時間を三十分も過ぎてから、ようやく尚也が現れたのだ。

「おはよう。美樹、中西君」

スーツの上着を手にかけて書類ケースを手にし、格好だけは仕事モードだが、まだ眠そうで髪もちょっとはねている。

「早くない」

「ごめん、寝坊した。コーヒーを貰えると嬉しいが……」

由紀乃がジロリと見返すと、尚也は慌てて続けた。

「もちろん紅茶で」

美樹が運んできた紅茶を受け取ると、尚也はほっとため息をついた。

「ああ、目が覚めた」

「それで、何の話があって呼び出したわけ？」

この三人だけで話をしたい時、尚也はたいていこうして、所長の島田が出勤前の事務所を使う。個室も与えられているが、念のためということだ。

ちなみに美樹と二人で暮らす三階の部屋には由紀乃を入れようとしない。

「ああ、そうだった。急ぐわけではないけれど、話しておこうと思って」

尚也はカップを置いて居住まいを正した。由紀乃と美樹もつられて背筋を伸ばして座り直す。

「実は、仕事を畳もうと思っている」

「……事務所を辞めるということ？」

由紀乃の問いかけに尚也は首を振った。

「弁護士を辞めるということでもなくて？」

「ああ、止《や》めるのは、保険の仕事の方だ」

尚也は続けた。

「これは坂井一族の、つまり私と美樹との問題だけど、中西君にも手伝ってもらっていることだから、君にも話すべきかと思い、こうして……」

「聞いてない！」

だんっとテーブルに手をついて立ちあがったのは美樹だった。

「なんで尚也君は、そういう大事なことを勝手に決めるの？　リビングのソファを処分してピアノを買ったのも、雛人形を買ったのも……いつもいつも、私に相談しないで」

「今、相談しているだろう？　美樹の意見を無視なんかしない」

申しわけなさそうな、なだめるような笑顔で尚也は両手を広げてみせた。美樹を子ども扱いしているのではなく、彼はいつでもそんな具合なのだ。相手が怒鳴ろうが泣きつこうが、ふわふわと笑って最後には自分の意志を通してしまう。

昔から、彼は少しも変わらない。

そして怒った美樹は、彼女の母親、尚也の姉にそっくりだ。初めて会った時、彼女がちょうど今の美樹と同じくらいの歳だったから、余計にそう思うのだけど。

坂井の一族の中でも稀有《けう》な力を持ち、圧倒的存在感で一族を率いていた樹里《じゅり》に、美樹は似ている。樹里より幼く、優しい顔だちをしているが、その瞳が湛《たた》える深い闇の色に、由紀乃は時おり魅入られそうになるのだ。

由紀乃が尚也に初めて会ったのは、小学三年生の時だ。美樹には幼なじみと言ったけれど、実は生まれた時から近所で暮らしていたというわけでもないのだ。小学三年生の時、両親が離婚して、由紀乃は母の実家がある青森に引越しをした。

夏休みの二週間前という時期の転入で、既に人間関係ができ上がっているクラスに、由紀乃はなかなか馴染《なじ》めなかった。表だって苛《いじ》められたわけではないが、由紀乃に話しかけてくる生徒はいなかったし、こちらから声をかけても一言、二言、熱のない答が返って来るだけだった。

由紀乃の周りには薄いガラスの壁があるようだった。そこにあるとはっきり見えるわけではないが、固く、どこかひんやりとした壁だ。

あの頃の由紀乃には上手《うま》く言葉にできなかった疎外感。

今ならばわかるけれど、教師も含めてみんな、由紀乃とどう関わりあって良いのか戸惑っていたのだ。由紀乃が転入生だからではなく、その母が坂井一族の遠縁で、かつて勘当された者だったからだ。

母方の遠縁である坂井家は、代々村の神職を担ってきた地元の名士だ。人口が二千人に満たない小さな村ということもあり、村民の半数以上は坂井の家と縁続きだった。由紀乃の母は分家の一つに生まれ、その時既に本家の長男の許婚《いいなずけ》と定められていた。

もちろん、昭和の時代ならともかく、本人同士の意思はおろかその両親たちの意向さえ無視して決められた婚姻に、若者が唯々諾々《いいだくだく》と従うわけもない。母は県外の男と恋に落ち、彼と共に生きることを望んだ。

本家の坊ちゃまの方も一族が決めた婚姻を鼻で笑い飛ばすタイプなら問題なかったのだが、こちらは母に執心だったから話はこじれた。由紀乃の母は一方的な悪者にされ、家族を含め様々な嫌がらせを受けたと聞く。

意思を曲げることなく母が村を出た日、烈火のごとく怒り勘当を申し渡した祖父母だが、由紀乃が生まれると孫可愛さに、まず祖父がそして祖母が折れた。

由紀乃は祖父母とは、それまでにも幾度か会っていたし、可愛がってもらっていた。でも、あちらから訪ねてくるばかりで、由紀乃と母が祖父母宅に行ったことはなかった。離婚が決まった時も、母は村に戻ろうとはしなかったのだ。誰にも頼らず由紀乃を育てようと無理を重ねて、倒れるまでは。

帰郷した由紀乃の母を祖父母は温かく迎えてくれた。それでも外に向かっては、本家に顔向けできないと、娘の不始末を未だ許さぬという姿勢を崩さない。由紀乃と母が暮らすのは祖父母の家でも小さな古い離れだった。母が懸命に仕事を探しても、本家の顔に泥を塗った女を雇おうとする者はいなかった。

由紀乃の母は家に閉じこもり、息を潜めるように暮らしていたのだ。

十年近く前の出来事だが一連の騒動は子どもたちでも知っており、由紀乃との距離を計りかねていた。

由紀乃の母が村を出てすぐに、母の婚約者であった本家の長男が養子に出たことが、また話をややこしくした。本来ならば次期宗主の補佐として一族の重鎮となるべきところを、そこから遠くへ追われた形だ。

本家の長女は由紀乃の母の友人であることもあり、兄に対して辛辣《しんらつ》だった。

「許婚なんて、周囲が勝手に決めたことじゃない。春ちゃんなら何とか、英一《えいいち》兄さんの手綱《たづな》を取ってくれるんじゃないかって」

癇症《かんしょう》で粗暴な長男を周囲は持て余していたのだった。結局、由紀乃の母に逃げられた本家は長男を見限り、立場の弱い親戚に押しつけた。

「それに、もう昔の話よ。英一兄さんのところも子どもが生まれて、だいぶ落ち着いたみたいだし、今更どうこうもないでしょうよ。春ちゃんは堂々としていればいいの」

実際、母と元許婚は顔を合わせることもなく、母に対する周囲の視線も少しずつやわらいでいくのだが、それは数年後のことだ。

由紀乃が転入した頃には、まだ周囲の空気はピリピリしていた。

「中西さん、一緒に帰ろう」

その少年に声をかけられた時、由紀乃は心底びっくりした。教室もざわめく。

隣のクラスからわざわざやって来て由紀乃に声をかけたのは、坂井尚也、本家の長男だったのだ。よりにもよって、本家の坊ちゃまが何の用かと皆が耳をそばだてる中で、尚也は少しの迷いもなく続けた。

「村を案内するよ。まだどこも見て回ってないんだろう？」

多少の押しつけがましさは感じたが、少年の顔に邪気《じゃき》はなかった。

「まっすぐ帰ってきなさいって言われているから」

由紀乃は言った。実際そう言われたわけではないが、母も祖父母も由紀乃が学校で苛められているのではないかと、心配している。由紀乃が普通の顔をして、ただいまと言うだけで、彼らの顔には安堵《あんど》が広がるのだ。

だから由紀乃は毎日、授業が終わるとまっすぐ家に帰った。

近所に遊ぶ友達もいないから、その後はずっと家にいる。やることと言えば、祖父の書斎から借りた古い本を読むか、祖母に教わって刺し子の縫い取りをするくらいだ。

「じゃあ、近道を教えてあげるよ」

尚也は諦めなかった。

「見せたい物もあるし」

「何？」

「凄くきれいな、僕んちの宝物」

思わせぶりな言葉にますます周囲の注目が集まるのを感じた。

「わかった」

尚也の誘いが嬉しいと言うより、これ以上目立ちたくない、断るのが面倒という気分になって由紀乃はうなずいた。

「じゃ、行こう」

尚也は、ぱっと顔を輝かせると、当たり前のように由紀乃の手を取った。そのまま引っぱられて昇降口に向う。

「尚也さん」

由紀乃のクラスの男子がついて来た。彼はいつも尚也と一緒に登下校しているのだ。お目付け役兼お付きといった相手に尚也は言った。

「さきに帰って良いよ。僕は中西さんを送っていくから」

「でも……」

「家には後で僕からそう言うから」

尚也が重ねて言うと、少年はしぶしぶ引き下がった。

由紀乃が逃げるのを心配するかのように、尚也は小学校の門を出るまで手を離してくれなかった。

「こっちだよ。ちょっと坂がきついけど、林を通り抜けると近道なんだ」

尚也は通学路を外れると、石垣に飛び乗って由紀乃に手を差し出した。ここまで来たら仕方ないと腹をくくって、由紀乃も石垣に登った。

その先は坂と言うよりももはや小山になっていて、道というより完全に山の中だ。由紀乃一人だったら一歩踏み込んだとたんに迷ってしまいそうだった。でも尚也は本当に見知った道のようでスタスタと進んでいく。

「ほら、ここから村が見渡せるよ」

尚也が足を止めたのは、きつい坂に由紀乃が息を切らし始めた頃だった。手招きされて側に行くと、さあっと風が吹きぬけた。木立が切れ、村が一望できる。

遠くには煌《きら》めく海も見えた。

「あそこが小学校で、あれが中西さんの家だよ。そこから下って行くとすぐだ。いつもは、ほらあの道をずっと回って行くから、すごく遠回りしている」

尚也の言う通り、通学に普段は四十分近くかかるのだ。坂道のきつさを割り引いても、教えてもらった道の方がずっと早い。

「でも、誰かの土地でしょう？　勝手に入ったらいけないんじゃない？」

母からも祖父母からも厳しく言われていた。人様の畑や土地に勝手に入ってはいけないと。坂井の坊ちゃまは何でもないことのように肩をすくめた。

「この辺はみんな、僕んちの土地だから問題ないよ」

「ふーん」

尚也がその辺に座り込んでランドセルを開けたので、由紀乃も水筒を取り出した。祖母が持たせてくれた冷たい麦茶を飲んでいると、尚也は水筒ではなく小さな箱を差し出してきた。

「これを見せたかったんだ」

古い桐の箱だ。

「今まで誰にも見せたことがないけど」

「なんで？」

凄くきれいな、僕んちの宝物。

尚也がそれを見せてあげると言った時、周囲から飛んできた視線を思い出して、由紀乃は嬉しいよりも気が重くなった。

羨《うらや》ましさと好奇心、どうしてあの子だけ？　そんな疑問をクラスメイトが抱くのは当然だ。面倒くさいことになりそうだった。

「中西さん、転校して来てから、全然笑わないから」

尚也は思いもかけないことを言った。

「きれいな物を見せてあげたいなと思ったんだ」

桐の箱には色褪《あ》せた組紐がかけられていた。ずいぶん複雑な結び方だ。

「僕の家にずっと昔から伝わる物で、普段はおばあ様の部屋の金庫にしまってあるんだ」

組紐は綾取りのように模様になっていた。どこからほどくのか見ただけではわからず、尚也も手こずっている。

「そんな大事な物、持ち出して大丈夫なの？」

「大丈夫、姉さんはいつも使っているから」

「お姉さんがいるの？」

「双子のね。学校にはほとんど通っていないから、会ったことはないと思うけど」

その時ようやく、紐がほどけた。

「ほら」

組紐を無造作にポケットに突っ込むと、尚也が桐の箱を開いた。中から紫の布に包まれた物が出てきた。光沢がある布を開くと、現れたのは銀色の懐中時計だった。

「わあ……」

由紀乃は思わず声をあげた。確かに、そんなに綺麗な時計を見たことはなかった。

丸みを帯びた蓋《ふた》には薔薇《ばら》の模様が浮き彫りにされていた。開いた薔薇が一輪と蕾《つぼみ》が二輪。しっとりとした銀色に輝く蓋を開けると文字盤が現れた。

防塵《ぼうじん》ガラスに覆われた文字盤は二重になっていて、一つにはローマ数字が、もう一つにはアラビア数字が刻まれていた。文字盤を囲むように六つ、中央に一つ、色とりどりの小さな石が埋め込まれていて、銀色の針は全部で四本あった。

長針と短針、そして秒針は内側の文字盤を示し、残る一本は外側の文字盤を示していた。秒針かと思ったが、その針はほとんど動いていなかった。

「外国の時間？」

まるで違うデザインだけど、文字盤が二つある時計を他に見たことがある。それは日本と外国の時間がわかる時計だった。

「そういうんじゃないと思うんだけど」

尚也はそっと防塵ガラスを撫でた。

「この時計はイギリスからやって来たんだよ。ずっと昔、僕のご先祖にあちらから来た人がいて」

「ずっと昔って、どのくらい？」

「百五十年くらい前かな、明治の初めの頃。ええと……」

尚也は指を折って数え始めた。

「お母さん、おばあ様、ひいおばあ様、ひいひいおばあ様、その一つ前だから、僕の五代前のご先祖様だね。アイルランドからやって来たアシュリーという青年が持って来た懐中時計なんだって」

ただ美しいというだけでなく、骨董品なのだ。尚也の家でどれだけ大切にされている物なのか、今頃はなくなったと気づいた人たちが大騒ぎをしているのではないか。由紀乃はヒヤヒヤしたが、その美しい物に触れてみたいという気持ちは抑え切れなかった。

「こんなに小さいのに重いんだ。ほら」

由紀乃は尚也から懐中時計を受け取った。確かに時計はずっしりと重く、冷たかった。そして……。

「ねえ、止まっちゃった」

由紀乃が手にしたとたん、時計の針はピタリと止まってしまった。壊してしまったのかと焦ると、尚也は首を振った。

「僕たち以外の人が触ると止まっちゃうんだ。不思議だよね」

「僕たちって？」

「僕と姉さん、お母さんとおばあ様」

つぶやきながら尚也は由紀乃の手から懐中時計を取り上げた。

「これを使える者は限られていると、おばあ様は言う。選ばれた者だけが、正しく使えると。樹里だけじゃない、僕だって使えるのに……」

尚也がきゅっと唇を噛んだ。

「樹里って、お姉さん？」

「うん」

懐中時計は尚也の手の中で再び時を刻み始めた。水が流れるように滑らかに針が進む。銀色の針は木漏《こも》れ日《び》を弾いて、きらきらと光った。音楽が聞こえてくるようだった。

由紀乃と尚也は息を呑むようにして、美しい時計を見つめていた。

ふいに、ガタガタと時計が揺れて、由紀乃は顔をあげた。

「坂井君？」

震えているのは時計を握る尚也の手だ。不自然なほどの力が入っている。

「どうしたの？」

尚也は答えなかった。その顔から血の気が失せて、見開かれた目の焦点が合っていない。由紀乃の声も聞こえず、傍らに彼女がいることすらわかっていない様子だ。食いしばった口から唸り声にも似たうめき声が漏れる。

「ねえ、どうしたの？」

由紀乃は震える尚也の手首を掴《つか》んだ。彼の手から、いやその手の中にある時計から熱が伝わってきた。時計の針が恐ろしい勢いでグルグル回っている。尚也をおかしくしたのはその時計だと、由紀乃は直感した。時計を取り上げようとすると尚也は抗《あらが》った。

由紀乃は構わずに懐中時計をもぎ取った。時計の針はピタリと止まり、急速に熱が引いていった。尚也が大きな息をつく。

「大丈夫？」

由紀乃が聞くと、尚也はうなずいた。ただ半分眠っているような、あやふやな表情のままだ。由紀乃はとりあえず懐中時計を紫色の布で包んで桐の箱におさめた。箱に結んであった組紐は尚也がポケットにしまってしまったから、蓋が外れないように自分のハンカチで包んでから尚也のランドセルに入れた。

「ほら、立って」

尚也を立たせてランドセルを押しつけると、ぼんやりとしたまま彼はそれを背負った。

「家まで歩ける？　送っていってあげる」

助けを求めたくとも、小学生が携帯電話を持っている時代ではなかったのだ。尚也をここに残して誰か大人を呼んでくるか迷いながらも、由紀乃は尚也の手を引いて歩き出した。逆らうことなく尚也は大人しくついてきた。

山道を降りると、すぐに由紀乃の家に着く。でもその時、由紀乃の頭に母や祖父母に助けを求めるという選択肢は浮かばなかった。尚也の変調が、あの時計のせいであるなら、それは秘密にしなくてはならないと思ったのだ。

七月の午後、強い日差しに照らされた田舎道を、尚也の手を引いて歩いた日の情景は、不思議と今も鮮やかに胸に残っている。すれ違う人たちがチラチラと視線を送ってきた。由紀乃と尚也の取り合わせは、小学生が手をつないで仲良く歩いていると片付けられるものではなかったのだ。

声をかけてくる者こそなかったが、誰かが先回りして尚也の家に報告したらしい。

由紀乃と尚也が、他の家と間違えようもない立派な門を構えたその家に辿《たど》り着くやいなや、屋敷からわらわらと人が出てきた。

「尚也様！」

由紀乃の部屋より広そうな玄関先が大変な騒ぎになった。後で聞いたことだが、尚也の世話係という四十代の女性が卒倒しそうな顔で、坊ちゃまにすがりついてきた。

「まあ、まあ、大変！」

尚也のランドセルが投げ出され、靴が脱がされる。奥に床をのべろ、何とか先生をお呼びしろ。と慌《あわただ》しく走り回る人々を制したのは、一人の老婦人だった。

「何の騒ぎです？」

ピリっと、その場の空気が張りつめた。姿を現したのは藤色の着物をキリリと着こなした背の高い女性だった。由紀乃の祖母と同じくらいの年頃のその人は、尚也を睨《にら》みつけた後、短くため息をついた。

「馬鹿な子だ」

老女と思えない力で、その人は尚也の体をたたきから引きずりあげた。

「尚也の面倒は私がみるよ」

その一言で、玄関に集まっていた人々は、すうっと去って行った。老女は由紀乃には一瞥《いちべつ》も与えずに尚也を連れて奥へと向かった。

「樹里、お前は時計を」

「はい、おばあ様」

その声が聞こえるまで、由紀乃は少女に気づかなかった。いったいいつからそこにいたのか、由紀乃のすぐ側に藍《あい》色の着物を着た少女が立っていた。艶やかな黒髪を肩口で切り揃えた様は日本人形のようだった。白い頬、唇に朱をさした美しい少女だ。

由紀乃よりずいぶん年上に見えるけれど、樹里と呼ばれていたから彼女は尚也の双子の姉だ。樹里は尚也のランドセルを手に取ると、蓋をあけてハンカチに包まれた小さな箱を取り出した。

「これは、あなたの物？」

いったいなんで、こんな物で桐箱が包まれているのか？　責められているように感じて、由紀乃は戸惑った。

「組紐は坂井君が持っていて……何かで結ばないといけないと思ったから」

「そう。ありがとう」

樹里はふわりと由紀乃に背を向けて、滑るような足取りで行ってしまった。

尚也のランドセルだけが残された玄関で、どうしたら良いか迷っていると、パタパタと軽い足音が聞こえた。

「さ、あなたはあがってちょうだい」

「いえ、でも……」

「尚也がお世話になったのに、お茶も差しあげずお帰しするなんてできないわ。さ、どうぞ」

先ほどの老女や樹里とは打って変わって親しげに由紀乃を招いた女性は、尚也の母と名乗った。

由紀乃は広い座敷に案内されて、冷たい麦茶と水羊羹をふるまわれた。

「お母様も樹里も愛想がなくてごめんなさいね。ああ見えて、尚也が心配で動転しているのよ」

とてもそんな風には見えなかったが、由紀乃は大人しくうなずいた。

「坂井君、大丈夫ですか？」

「ええ。心配いらないわ。お母様が様子を見ているし、すぐ元気になるでしょう」

「あの……」

由紀乃は思い切って聞いてみることにした。

「坂井君が時計を見せてくれたんです。凄くきれいな時計で、でも私が触ったら止まってしまいました。その後、坂井君が時計を持って、倒れました」

「そうだったのね」

尚也の母は顔を曇らせた。

「私が何か……」

「ああ、違うわよ。あなたは全然悪くないの」

座敷を風が通り抜けて、由紀乃の髪を揺らした。しばらく庭の緑に目をやっていた尚也の母は、その風に誘われたように由紀乃に向き直った。

「我が一族は、普通の人とは少しだけ違う力を持っているの。他の人には聞こえない声が聞こえたり、見えないものが見えたり。ほんの少しの力だけど、一族は代々、その力でこの地やここに暮らす人たちの生活を守ってきた」

由紀乃はうなずいた。村の人たちにとって坂井の家が特別な存在であるのは、単に歴史があるとかお金を持っていることが理由ではない。彼らは「力」を持っているのだ。善きものであり、畏《おそ》れるべきものでもある「力」を。

「その力は一族の中で女性に強く表れる傾向があるので、特別な事情がない限り、宗主に立つのは女性なの。その役目は、お母様から私に、そして遠からず娘へと引き継がれていくでしょう。そのためには学ぶことが多くある。樹里は三歳の頃からお母様の仕事を傍らで学んで来ました」

「坂井君は？」

「一族の男子は、ほとんど力を持たず、宗主を支える影の存在であることが常なのです。樹里は小学校の勉強よりもお母様から学ぶことが多いけれど、尚也はそうではない。一族の仕事について学ぶのは成人してからでも遅くないと言うのが、お母様の考え方で、今まで何も説明せずにいたのだけど」

尚也の母は吐息をついた。

「かえって、あの子の好奇心に火をつけてしまったようね。ゲンエイ時計を持ち出すなんて」

「ゲンエイ時計？」

「幻《まぼろし》の時計。一族に古くから伝わる時計のことよ。もとは英国から来た霊能力者の持ち物で、強い力を持つ一方で、使い手を選ぶ時計と言われているの」

「私が持ったら、止まりました」

「尚也にも動かせるとは思っていなかったわ。私も、お母様も。けれど……そう、尚也があの時計を。アシュリーの祝福なのか、呪《のろ》いなのか」

謎めいた言葉を口にした尚也の母は、ふいに由紀乃の手を取った。

「これからも、尚也の友だちでいてあげてね」

「それは……」

尚也のことはきっと嫌いではない。でも、由紀乃は尚也と友だちというわけではなかった。話をしたのも、その日が初めてだったのだ。

「男子に力が表れるのは稀《まれ》なこと。でもそれは先祖返りとされていて、きっとあの子はアシュリーのように大きな力を持つのでしょう。もしかすると樹里をも超える力を。でも、お母様はそのことを認めない」

小学生の由紀乃に対してと言うより、自分自身に聞かせるように尚也の母は続けた。

「尚也には味方が必要だわ。あの子を支え、理解してくれる存在が。ね、尚也の友だちでいてあげてね」

自分を見つめる美しい女性の目を見たら、由紀乃にはうなずくことしかできなかった。切なくて、すがるような眼差しだったから。

「坂井君が、そうしたいなら」

由紀乃の返事に、尚也の母はほっとしたように微笑《ほほえ》んだ。

「ありがとう。あなたのようなお友だちがいてくれれば、安心だわ」

あの人の笑顔は、尚也によく似ていた。どこにもきついところがなく、ふんわりと優しい印象の顔だちだ。樹里は母親にはあまり似ていなかった。強い意思を秘めた切れ長の目や、きりりとした鼻筋は、彼女の祖母から受け継いだものだ。

樹里が祖母から貰ったものは、その美貌だけではなかった。

「樹里様は、当代様のお若い頃に瓜二つだ」

「あの方から全てを受け継いだ御方だ」

まだ小学三年生だった尚也の姉を、一族の者はそう言って畏れた。樹里は祖母から、歴代宗主の中でも随一と賞賛される力までを受け継いだのだと。


「由紀乃ちゃん」

涼やかな声をかけられて、由紀乃は振り向いた。全校生徒合わせて七十名にも満たない中学校で、由紀乃をそんな風に呼ぶのはただ一人だ。

「樹里さん」

セーラー服を着た樹里が、尚也を従えて立っていた。

「今日はどうしたんですか？　セーラー服なんて」

そもそも校内で見かけること自体が珍しい樹里だ。ごくたまに登校する時も、標準服であるセーラー服を着ることはなかった。洗練されたスーツか着物が常なのだ。

「ああ、これは」

樹里はワインレッドのスカーフに触れた。

「入学祝いにいただいたものだから、一度くらいは手を通さないと失礼かと思って」

もう、中学三年の三月、卒業は目の前だ。この口ぶりでは卒業式に出席するつもりはないらしい。

「今日は進路のことで三者面談があったの。ほら、学年主任は外からいらした方だから、ご存じないことが多くて、わずらわしいことだわ」

樹里は心底うんざりしたように吐息をついた。由紀乃は内心で学年主任に同情した。

村の外からやって来た彼には、樹里の家の教育方針が理解できないのだ。樹里が家業のためとしてほとんど登校しないことも、高校には進学しないということも、あってはならないことで、親による虐待ではと疑っているふしすらある。

「少しもわかってくださらなくて、話は堂々巡り。諦めて失礼したところよ」

この村にとって坂井の家は特別であり、その宗主となる樹里に平均的学生生活は必要ない。彼女自身が望むならともかく、高校進学など無意味なことなのに。

「大変ですね。樹里さんは、それでなくても承継式をひかえてお忙しいのに」

「なんで敬語?」

樹里は笑った。

「尚也にはタメ口なのに。私たち、同い年よ?」

とても、そうは見えない。セーラー服姿でさえ同じ中学生には見えず高校生かと思うくらいなのだ。私服の時はもっと年上に感じられる。数回目にした巫女《みこ》装束《しょうぞく》の樹里など、化粧をしていることもあってか、彼女の母と見分けがつかないほどだった。重圧感に圧倒され、神々しいとさえ感じたものだ。

「樹里さんは、宗主になる方ですし」

周囲に倣《なら》えば、樹里さんではなく樹里様と呼ぶべきところだ。実際、そうしろと家ではきつく言われている。

樹里は微かに頬を歪《ゆが》ませた。

「まだ先のことよ」

それでも由紀乃をそれ以上困らせることもなく、樹里は話題を変えた。

「承継式には出席してくれるのでしょう？」

「はい、もちろんです」

樹里の中学卒業を機に、坂井の家では宗主の承継が行われることになっていた。宗主の座は樹里の祖母から母に引き継がれ、樹里はその後継者として正式にお披露目《ひろめ》されるのだ。樹里の母は繋《つな》ぎに過ぎず、数年のうちに樹里が宗主に立つことは暗黙の了解だった。

それだけに三日後に迫る承継式の主役は樹里だ。

遠縁である由紀乃の家にも正式な招待状が届けられていた。祖父母と母は本家の敷居をまたぐことは遠慮するという立場を崩さず、由紀乃が名代《みょうだい》として出席することになっているのだ。

どうせ末席だろうし、出席自体は構わない。問題は、当日の服装だ。

「振袖、着なくちゃいけないですよね」

由紀乃は思わず吐息を零《こぼ》した。

晴れやかにして厳《おごそ》かな承継式では、出席者も正装が求められていた。由紀乃の場合は振袖だ。自分で着られるわけもなく、早朝から祖母に着付けをしてもらい、華やかな着物に相応《ふさわ》しく髪を結ってもらう予定になっている。

着なれない振袖で、丸一日かかるという承継式とそれに続く宴会を耐え忍ばねばならない。

想像するだけで気が重かった。

「振袖が嫌なら、私の介添人をしてくれない？」

「介添人、ですか？」

「ほら、結婚式で花嫁のお世話をする人がいるでしょう？」

動きづらい衣装で歩くのを手伝ったり、ドレスの裾が美しく見えるよう整えたり、次への行動をエスコートする人だ。ハンカチなどの小物を持ち、花嫁が必要とする時、目立たぬよう差し出すこともある。

「承継式の衣装も仰々《ぎょうぎょう》しい物だから、誰かに付き添ってほしいのよ」

介添人は黒衣《くろご》のような存在だ。その性質上できる限り目立たぬよう振る舞うのが鉄則で、落ち着いた色あいの着物か、紺のスーツを着ればいい。

樹里の提案に心が揺れた。その時だった。

「姉貴、中西さんを困らせるなよ」

それまでずっと黙って隣を歩いていた尚也が、口を挟んだ。

「あら、困らせてなんかいないわよ。お願いしているだけ」

「この村に、姉貴のお願いを断れる奴なんかいないだろう？　知っていてやっているんだから、性格悪いぞ」

「失礼ね」

「だいたい、中西さんに介添人が務まるわけないだろう。承継式の段取りを、何も知らないんだから」

「式は三日後だもの。これから覚えてもらえば充分よ」

「だから……」

尚也が珍しく苛立《いらだ》ったように声をあげた。

兄弟喧嘩が始まりそうで由紀乃はひやりとしたが、一台の黒塗りの車が現れて、二人は口を閉ざした。後部座席の窓がスルリと降り、顔を見せたのは樹里の祖母だ。

「樹里さん、往来で何を騒いでいるのです？　みっともない」

「申しわけありません、おばあ様」

「お乗りなさい」

樹里は諦めたように肩をすくめると、車に乗り込んだ。

「由紀乃ちゃん、またね」

樹里の祖母はジロリと尚也を見やった。

「尚也さんも早くお帰りなさい。準備は沢山あるのですから」

言うなり窓は閉まり、尚也を置き去りにして車は走り去った。

「何と言うか、相変わらずね。坂井君の家って」

双子の姉弟なのに、姫君とその下僕《げぼく》並みに扱いの差がある。

「もう慣れた。と言うか、気楽で助かってる」

尚也は本当に気にしていないようだった。

「むしろ僕が樹里の立場だったら、逃げ出しているよ」

「大変そうだもんね」

「それより、樹里の言葉に耳を貸すなよ」

「介添人にって話？」

「あれは口実で、樹里は君を欲しがっているんだ。側近にしたいと母さんに言っていた」

「側近？　何それ。私たち、まだ中学生よ？」

由紀乃はあきれた。

「青田刈りって奴だろう。君のどこが気に入ったのか知らないけど」

「失礼ね」

「あ、ごめん」

「単に年の近い女子が欲しいだけじゃないの？」

樹里の周囲は大人ばかりだ。それも、彼女の祖母のように厳格で、昔気質《かたぎ》な老人が多い。時には同じ年の友人の前で気持ちをゆるめたいと思うのは自然なことだ。

村にはそもそも子どもが少ない上に、本家のお嬢様である樹里を中学の女子生徒たちは遠巻きにするばかりだ。多少の距離感が存在するとはいえ、萎縮することなく話す由紀乃は、樹里にとって珍しい存在なのだろう。

「それはあるかもしれないけれど……ともかく、樹里にはもう近づくな。今のうちに離れないと、一生縛られることになるぞ」

「そんな時代錯誤な……」

「君はまだ、一族の力を知らないんだ」

「もう知っているわ。七年近く、ここに住んでいるんだから」

ここは閉鎖的な村で、坂井の家が持つ力は絶大だ。村長も、駐在所の職員も、消防団の団長も、信用金庫の理事長も、郵便局の局長も坂井の親族が務めている。

村に住む者は全て、坂井の家に生殺与奪《せいさいよだつ》の権を握られていると言っても過言ではない。その頂点である宗主に立つことを、樹里は約束されているのだ。

「権力という意味じゃない」

「霊能力とか、そういう話でしょ」

坂井の家はそもそも、土地神を奉る神官の家だ。女性たちは神と人を繋ぐ巫女としての役割を持っている。古くはこの世とあの世の境界に生きる「境」の名を持つ者だったのだ。死者の口寄せや、失せ物《うせもの》探しから、占術、祈祷《きとう》まで。

真偽はともかく、彼らがその力を持つと、ここでは皆が信じているのだ。

「でもそれは、人を傷つけるものではないでしょう？」

「僕にはわからない」

尚也は曖昧《あいまい》に笑った。

「一族で男子に期待されているのは実務面で宗主を支えることだから、樹里やおばあ様が何をしているのか、正確に知っているわけじゃない。だけど、樹里は……」

その言葉を口にすることを恐れるように、尚也は言葉を切った。

「何よ？」

「樹里は、死者を呼び戻す」

麗《うら》らかな春の道に、すうっと冷たい風が吹いた。

「死者を呼び戻すって……どういうこと？」

「はっきりとはわからない。おばあ様や母さんは、具体的なことは何も教えてくれないから」

尚也は迷いながらも言葉を続けた。

「一族に巫女として働く人は多くいるけれど、おばあ様たちは特別な存在だ。幻影時計を扱うことができる者だけが関わる仕事がある。うちにある古い文献を読んだり、村のお年寄りに話を聞いた限りでも、亡くなった人に会ったという話は少なくない」

「私も聞いたことあるけれど、でもそれは……迷信でしょう？　時無尽《ときむじん》のことよね？」

無尽もしくは無尽講と呼ばれるものは、参加者が一定の掛金を持ち寄って定期的に集会をもち、条件に沿って各回の掛金を受け取る仕組みだ。村に伝わる時無尽はそれを時間で行うものだった。誰かのために皆が無償で労働や技術を提供する。表面上は合理的な相互扶助だが、その真の目的は死後に使う時間を融通《ゆうずう》しあうことだとされていた。

時無尽自体が形骸《けいがい》化した今でも、それは一つの死生観として村に残っているのだ。積み立てておいた時間を使って死後に挨拶回りをする。ということは、高齢者の間では自然なこととして語られていた。若い世代は、そうした話を本気にはしないが、笑い飛ばしてはならないことが暗黙の了解である程度には、神妙に受け止めている。

「でも僕は、この目で見たんだ。おばあ様と樹里の元を白い影のようなものが訪れて、樹里と確かに言葉を交わして、それから……」

尚也はゴクリと唾《つば》を呑み込んだ。

「影が、当たり前の人の姿を取り戻して、出て行ったのを」

「この村なら、そんなこともあるかもね」

あの時、由紀乃は真剣に取りあわなかった。話の内容が荒唐無稽《こうとうむけい》に思われたこともあるが、坂井の一族で宗主だけが行う特別な仕事など、自身には関わりのないことだったからだ。

尚也にしても同じことだ。興味をもってあれこれ調べてはいるものの、樹里がいる以上、彼は当事者にはなりえない。深く知る必要はなく、背負うものもない。尚也は気楽な立場の子どもであり、樹里が宗主である限りは、そのままでいられたはずなのだ。

樹里が、宗主であった限り。

二　契約者の訪れ

「この時計を覚えているか？」

由紀乃がこの事務所で働くことを決めた夜、尚也はスーツの内ポケットから一つの懐中時計を取り出した。最近では珍しいピンタイプのチェーンがついた銀製の時計だ。

「もちろん、忘れるわけないでしょ」

蓋に彫り込まれた薔薇の花一つ一つまで、はっきり覚えている。小学三年生の夏、尚也が見せてくれた懐中時計だ。彼の家に引き継がれてきた品で、ただ美しいというだけでなく強い力を秘めている物だ。

「幻影時計でしょう？」

「懐かしいな。母やおばあ様は確かにそう呼んでいた。樹里と私はファントム・ウォッチと呼ぶけれど。それにしても、二十年以上昔のことをよく覚えているな」

「あの時、大騒ぎになったじゃない。大変だったんだからね」

尚也は家宝ともいうべき時計を無断で持ち出した。時計は尚也の手の中で暴走し、彼の身を傷つけようとしたのだ。クラスに馴染めずにいた転校生の由紀乃に綺麗な物を見せてやろうという気持ちからだったそうだが、祖父母には叱られるし、本家からは目をつけられるし、はっきり言って有難迷惑《ありがためいわく》だった。

「樹里さんから引き継いだの？」

「ああ。正式な持ち主は美樹だが、彼女が成人するまでは私が預かることに」

「そう」

尚也はチェーンを外して、時計を静かにデスクに置いた。手に取ってみるようにと眼差しで促され、由紀乃は密かな怖《おそ》れと期待を抱きながら時計に触れた。

子どもの頃に手にした時よりも、時計は一回りほど小さく感じられた。けれど、ずっしりとした重みは変わらない。蓋に刻まれた模様はわずかに擦り減っているのかもしれないが、磨かれた銀の輝きは、あの日のままだ。

そっと竜頭《りゅうず》を押して蓋を開けると、記憶通りの文字盤が現れた。輝く七つの石。防塵ガラスに傷一つなく、長い年月の中その時計がどれほど大切に扱われてきたかがわかった。

これはきっと、時計の機能や骨董的価値に興味がない者にとっても、たまらなく魅力的な時計だ。時計が秘めた力を知るはずもない子どもだった由紀乃さえ、一目で魅了されたのだ。

「やっぱり、私が手にすると止まってしまうのね」

二つの文字盤を巡るはずの針は静止している。

「今は、私や美樹の手の中でも動くことはない」

「壊れたの？」

「いや。その時計は眠っているんだ。契約者が目覚めた時、動き始める。子どもの頃、私が持ち出した時は、ちょうどそんな時期だったんだな」

「契約者って？」

「一族が営む保険の契約者だ」

そして尚也は、幻影時計が持つ力と、それを持つ者に課せられた「幻影保険」と呼ばれるものについて教えてくれたのだ。

時計の持ち主と契約を交わし、生前に時間を積み立てておけば、死後にそれを使うことができる。幻影と呼ばれる幻の存在となって。

容易に信じられる話ではなかった。

だが尚也は真剣だったし、由紀乃を騙《だま》したりからかう気配は微塵《みじん》もなかった。そして二人の間に置かれた銀時計には、確かに畏怖を感じる何かの力があった。

「本来は美樹が負うべき仕事だ。だがあの子はまだ幼い。私も支えるが、一人では無理なんだ。私たちを助けてはくれないか？」

その時、由紀乃の脳裏に浮かんだのは、幼い日に尚也の母と交わした約束だった。彼の友でありつづけると、由紀乃は心を決めたのだ。

「わかった」

由紀乃は答えた。

「あなたの話を丸ごと信じたわけじゃないけど、ともかく私にできることなら協力する」

「ありがとう」

尚也は笑った。それは本当に、心からほっとしたような、嬉しそうな笑みだったので、由紀乃は事の真偽《しんぎ》はどうでも良いかという気になったものだ。


それから二年が過ぎて、今ではもう尚也の言葉に一片の嘘もなかったことを、由紀乃は知っている。

「ファントム・ウォッチ」

尚也が取り出した時計に、美樹が目を輝かせた。

「動き出したのね？」

「昨日あたりから、さざめきを感じる」

尚也が普段その時計をどこに置いているのか、由紀乃は知らなかった。貴重な骨董品というだけでなく、一族に伝わる家宝というべき品だ。事務所の個室に置いてある金庫の中か、あるいは決して他人を入れることのない自室のどこか。

本来の持ち主である美樹も知らないらしい。

ただ必要な時になると、尚也はその時計を身につける。

「遠からず、契約者がいらっしゃるだろう」

美樹と由紀乃はうなずいた。

「申込書を渡すから目を通しておいてくれ」

「じゃあ、今朝のミーティングは、こっちが本題だったの？」

仕事を畳もうかと思っているという話は何だったのか。

「そのことは……」

尚也が言葉を続けようとした時、事務所入口のセキュリティがピッと微かな音を立てた。人の訪れを察した尚也はそっと懐中時計の蓋をしめた。

「おはようございます」

闊達《かったつ》な挨拶と共に入ってきたのは所長の島田だった。

「おはようございます」

由紀乃は立ち上がって島田を迎えた。尚也が懐中時計をスーツの内ポケットに滑り込ませる。彼は由紀乃や美樹以外の者がいる場所で、その時計を取り出すことはなかった。

島田は事務所に集《つど》う由紀乃たちに目をやって微笑んだ。

「今日は皆さん、ずいぶん早いですね」

「中西君の提案で朝の勉強会をしていました」

しらっと嘘をつく尚也にうなずいた島田は、美樹がテーブルの上を片付けようとするのを止めた。

「まだ始業前です。のんびりしていらっしゃい。と言っておいてなんですが、コーヒーをいただけますか？」

「はい」

由紀乃はキッチンに向かいながら尚也に聞いた。

「坂井先生もお飲みになりますか？」

「お願いします」

島田が現れたとたん、態度も口調も堅苦しい勤務モードに改める二人がおかしかったのか、美樹が小さな笑みを零した。

「先生こそ、今日はお早いですね」

カフェスペースで新聞を広げる島田の前にコーヒーを置いて、由紀乃は聞いた。

「午前中にアポイントメントはなかったと思いますが」

所長の島田は半月前七十二歳になったところだ。今でも頭脳明晰で気力体力とも衰えていないが、念願のリタイヤ生活に向けて少しずつ仕事を減らしている。特に来客の予定が入っていないと、事務所に姿を見せるのは昼近くになるのが常なのだ。

「急な話ですが、九時に人が来るのです」

「九時ですか?」

由紀乃は思わず壁の時計を確かめた。八時五十五分。

「先生、そういうことは早くおっしゃってください。何か準備する物は……」

「来客ではないから、そう慌てる必要はないですよ」

島田はのんびりと笑った。

「これから一緒に働く仲間ですから、ありのままの姿を見てもらった方が良いでしょう」

「一緒に働く?」

由紀乃は首を傾《かし》げたが、尚也はなにやら得心したようにうなずいた。

「ああ、彼ですか」

「坂井先生のお知り合いですか？」

尚也は由紀乃と美樹に向き直った。

「実は、以前からもう一人弁護士を雇おうと所長と話をしていたんだ。私の知り合いに声をかけてみたところ前向きな返事を貰って」

「昨日、私も会ってみて決めた。と、そういうことです」

由紀乃は頭をかかえた。

「いくらなんでも急すぎませんか？　受け入れる方にも準備というものが」

「スペースは充分だと思ったので、すぐにでも来てくださいと言ってしまいました」

そう言って島田は事務所を見回した。

実際、所属弁護士が二名、もとい三名の法律事務所にしてはオフィスは広すぎる。事務机が八つ並んでいるが、奥には弁護士が使用する個室が四つあるのだ。他に面談用の部屋が大小二つ、広いカフェスペース、仮眠室にはシャワールームまでついている。

今は島田と尚也が個室を使い、由紀乃は事務机を二つ使わせてもらっていた。島田が言う通り、スペースは充分すぎるほどだ。

由紀乃が使っている物と、個室に置かれたパソコンについては常に最新ソフトにバージョンアップしてありセキュリティ面も不安はない。文房具も余るほど揃っている。

「流石《さすが》に紙資料は時代遅れの物が並んでいるでしょうから、本人に聞いて必要な物を購入してあげてくださいね。入室のセキュリティキーも設定さえすれば、すぐ使える物が金庫にあると思いますし。他には……」

「わかりました」

由紀乃は島田の言葉を遮《さえぎ》った。一見のほほんとしているが、こうと決めたら笑顔のまま突っ走る上司なのだ。

「どちらの部屋を使ってもらいますか？」

空いた個室は二つある。基本的にレイアウトは同じで、窓からの景色が多少違うだけだ。

「そうですね。本人に選んでもらいましょう」

「では、風を通してきます」

空き部屋であるから、掃除が行き届いているとは言えない。今の内に空気を入れかえてデスクを拭いておこうと思った時、インタフォンが鳴った。

「お部屋は私が見てきます」

美樹がぴょんと立ち上がった。既に手にはダスターが握られている。

「お願いね」

由紀乃は新たな仲間を迎えるために立ちあがった。

「では、改めて紹介しましょう」

島田が皆を見回した。

「今日から働いてもらう槇村《まきむら》拓未《たくみ》君です。坂井君の大学の五学年後輩になるのかな？　大変優秀な弁護士で、大いに期待しています」

「よろしくお願いします」

青年は短く言って頭をさげた。自己紹介的なものが続くかとしばらく待ったが、彼が何も言わないので、島田は事務所メンバーの紹介に移った。

「坂井君はもちろん知っていますね」

「はい」

「彼女は中西由紀乃君。総務経理だけでなく、パラリーガルとして主に坂井君の仕事を手伝ってもらっています。わからないことがあったら何でも彼女に聞いてください。事務所の実質的なボスですからね」

「先生、誤解を招くような表現は止めてください」

ははと軽く笑った島田は続いて美樹を紹介した。

「坂井君から聞いていますね？　坂井君の姪、美樹君です。私と中西君のお手伝いをしてもらっています」

槇村は美樹を見てチラリと笑った。それが冷笑の類《たぐい》でなく本物の笑みに見えて、由紀乃は驚いた。錯覚かと思うほど、短い微笑だったけれど。

どう見ても小学生の美樹が、こんな所で何をしているのか？

学校に行っていないのか？

それならそれで、なぜ弁護士事務所に入り浸っているのだ？

ここは所属弁護士の託児所なのか？　遊び場ではあるまいし。

そうした疑問をぶつけられても、おかしくはない。口には出さずとも、態度や表情にそれとなく表れるものだ。

由紀乃はまだ彼と言葉を交わしたわけではないが、槇村は基本的にマイペースで他人に関心がないタイプだと感じた。所長の島田や尚也とは違ったタイプで、尚也たちが周囲を巻き込み上手いこと操って意思を通すのに対して、槇村はきっと他人の行動も考えも一切無視して、自分一人で何もかもやってしまう。

彼が、美樹の存在を空気のように無視するならば、理解できたのだ。実際、美樹は彼には何の関係もない子どもだ。でも槇村は確かに美樹を見て、よろしくという風に微笑んだ。

由紀乃に対しては素っ気ないほどだったのに。

「これでメンバー全部です。ご覧の通り小さな事務所ですよ。君には少しもの足りないくらいかな」

「精一杯、頑張ります」

槇村は教科書通りの返答を口にした。

「槇村先生は、坂井先生と大学時代からお知り合いだったんですか？」

由紀乃は思わず槇村に聞いた。

島田は、おべんちゃらを言わないから、槇村が優秀な弁護士であることに間違いはないだろう。そんな優秀で、年齢的にも意欲に満ちているはずの彼が、なぜこんな小さな法律事務所にやって来たのか。

「いえ、面識はありませんでした」

不躾《ぶしつけ》な質問にも表情を変えず、槇村は淡々と答えた。

「私の上司が坂井先生とお知り合いということで、そのご縁です」

槇村が口にしたのは業界最大手の弁護士法人だった。扱う案件は大きく、弁護士たちはチームを組んでことにあたる。報酬はトップクラスだが、激務は想像に難《かた》くない。過重労働とストレスで、心身を病み辞めて行く者は後を絶たないと聞いたことがある。

彼もまた、弾き出されたのかもしれない。

「働きやすい環境は人それぞれ違いますから」

尚也が静かに言った。

「槇村君には、うちのような事務所が向いていると思い声をかけました」

「坂井君のみたてなら安心ですね」

島田が槇村にでもなく由紀乃にでもなく、太鼓判を押した。

「彼が人を見る目は確かです。中西君も坂井君が連れて来たんですよ」

「私の場合は、失業中に拾われたんですけれどね」

由紀乃は苦笑した。


四年前の夏だった。求職活動も二ヶ月を越え、焦りと不安で一杯だった時、由紀乃はハローワークの入口で彼に声をかけられたのだ。

「もしかして、仕事を探している?」

ハローワークの出入口で、求職者と思《おぼ》しき者のうち女性を狙って声をかけてくるのは、たいてい保険会社のスカウトだ。普段なら会釈《えしやく》一つで無視するが、その日に限って足を止めたのは、あまりに砕けた口調に驚いたからだ。

新宿という土地柄、夜の店の勧誘だろうか？　それにしても、馴《な》れ馴《な》れしくはないか？

思わず興味を覚えて声をかけてきた相手を見た由紀乃は、目をみはった。

「……尚也？」

そこにいたのは別れた恋人だったのだ。

「やっぱり、由紀乃だ」

相手は屈託なく笑った。

「良かった、人違いだったら、単なる軟派野郎だ」

二人はとりあえず、人が行き交う出入口から離れた場所に移動した。尚也が独り言のようにつぶやいた。

「それにしても、凄いタイミングだな」

「今日は出張か何か？」

「今は東京で働いているんだ。この近くだよ」

「上京していたの？　いつから？」

「半年前かな。姉夫婦が亡くなって、姪を引き取ったんだ」

「ああ、そうね……」

由紀乃は口籠《くちごも》った。悲しい出来事があったのだ。

「お姉さまたちのこと、お悔やみを申し上げます」

「こちらこそ、色々とお心遣いいただいて、ありがとう」

尚也と別れたのは五年前で、その後は連絡を取りあうこともなかったが、もとが幼なじみなのだ。実家に電話をかければ、頼まなくても母が尚也のことをアレコレ教えてくれた。だから由紀乃は、尚也が姪を引き取ったことは聞いていた。

でも東京にいることは知らなかった。

「どうして、東京に?」

「少し思うところがあってね。それより、お茶でも飲まないか?」

断る理由もなく、二人は近くのカフェに席を移した。

「元気そうで良かった」

「うん」

会話は、いくらかぎこちなく始まった。

幼なじみの二人が恋人同士になったのは高校三年生の時で、揃って東京の大学に進学したのだ。卒業後、由紀乃は就職し尚也は法科大学院に進んだ。尚也が司法試験に合格し司法修習を終えるまで、交際は順調だった。交際は双方の家族公認で、由紀乃自身を含め二人がいずれ結婚すると疑う者はいなかった。

司法修習を終えた尚也が地元青森の弁護士事務所に就職を決めたと報告した時でさえ、由紀乃の気持ちは揺るがなかった。

大学進学時に上京した時から、尚也がいずれ青森に帰ることはわかっていた。彼の家は特別な一族で、生涯を生まれ育った土地で過ごすと知っていたからだ。

東京での生活は、若い頃に数年、外の世界を知るのも良いだろう。そう言って許された束の間の自由だった。しばらくは東京と青森の遠距離恋愛をして、尚也の仕事が落ち着いた頃に、由紀乃が彼の元に行く。そんな青写真は、幾度となく二人の間で話し合われていた。

けれど、尚也は別れを切り出した。他に好きな人ができたという風ではなかった。彼は、そういう嘘がつけない男だった。

「一族の運命に君を巻き込むことはできない」

尚也はそう言うばかりで、具体的な説明はしてくれなかった。

由紀乃は諦めず、彼の本心を探ろうとしたが、全ては徒労に終わった。尚也は最後まで辛抱強く由紀乃に向き合ってくれたが、心の内を見せてはくれなかった。

「それで今、仕事を探しているんだよね？」

尚也が聞いた。

「今も在職中で転職活動をしている？」

「今は無職。母の介護で離職したの」

「お母さん？」

「脳梗塞で倒れたの。今は元気なんだけど」

倒れたのが職場で周囲に人がおり、直後に救急搬送されたことが幸いだった。症状自体も比較的軽いもので、後遺症もなく半年後には社会復帰できたのだ。

「でも、何だかんだで有休を使い果たして、欠勤や早退も重なって。辞めろとは言われなかったけれど……転勤の話がきっかけで辞めたの」

「介護休暇があるはずでは？」

「絵に描いた餅的な？　母が倒れた当初は、どこまで回復するかまるでわからなかったし、いつまで介護生活が続くかも見えなかったから」

「一方的な転勤命令も違法だ」

「厳密な意味では、強制ではなかったからね。あくまで一身上の都合というやつで」

「まあ、僕としては喜ぶべきところか」

尚也は書類鞄を開けて中から書類を取り出した。

「ちょうど求人に行くところだった。勤務先の法律事務所でパラリーガルを探している」

「そういうのって、ハローワークより、専門の転職サイトの方が効率的なんじゃない？」

パラリーガルは法律事務のアシスタントだ。弁護士の監督下に限り、定型的・限定的な法律業務を遂行することが認められている。資格職ではないが、女性を中心に人気がある仕事で、自身も弁護士や司法書士を目指す者も少なくない。

間口が広いハローワークでは応募者が殺到するに違いない。

「私の個人的な仕事も手伝って欲しいんだ。そちらは法律の知識は必要としないが、ある種のセンスが求められる」

「パートタイム？　正社員？」

由紀乃はあくまで一般的な質問をしたつもりだったが、尚也は資料を取り出して説明を始めた。

「正社員。条件はこれ。細かい部分は諸々《もろもろ》、応相談」

勤務時間、給与、福利厚生。かなりの好条件だ。

「一つだけ了承しておいて欲しいのは、事務所に子どもがいるってことなんだ」

「美樹ちゃん？」

「ああ。弁護士の執務室や、クライアントとの面談室に立ち入らせることはないが、カフェスペースや事務スペースでは自由に動いている。所長はもちろん了承の上で」

「社内保育所みたいなもの？」

「まあ、子連れ出勤かな。都合が良ければ今からオフィスを見に来ないか？」

「待って」

伝票に手を伸ばす尚也を由紀乃は止めた。

「興味があるなんて言ってないわ」

「ぜんぜん興味がない？　由紀乃には、すごく向いた仕事だと思うけど」

「正直に言うと、興味はある。でもすぐには決められない」

「判断材料の一つとしてオフィスを見れば？　今日なら所長もいると思うし」

「あなた、採用担当者なの？　そんな勝手に決めて」

「採用担当者と言うか」

尚也は小さく苦笑した。

「社長と僕しかいない事務所だから」

「ずいぶん大きいオフィスみたいなこと言わなかった？」

弁護士の執務室と面談室があって、カフェスペースに託児施設まで。

「入れ物だけは大きいんだ。以前は所属弁護士十名ほどの大所帯だったそうだから」

「それが今は二人だけ？」

訳ありというわけだ。むしろ興味を抱いた由紀乃に気づいたように、尚也は書類に名刺をのせて滑らせてよこした。

「検討して、その気になったら連絡を。残念ながらその気にならなかったらお手数だけど書類は返送して欲しい」

二人の間に置かれた書類に手を伸ばすことなく、由紀乃は尚也の顔を見つめた。

「君が別れた奴と顔つき合わせる職場はゴメンだと言うなら仕方ないけれど、僕は君に力を貸して欲しい」

「考えさせて」

「良い返事を待っているよ」

尚也が席を立つと、由紀乃は書類を引き寄せた。事務所をサイトで検索し所長である弁護士の経歴を確かめる。所長の島田は企業法務を専門にしており、かつては一部上場企業の顧問も務めていたが、今では一線を退いているようだった。

事務所は西新宿の雑居ビルにあった。歓楽街にも近い立地のためか、店同士、店と客、あるいは従業員のトラブルを多く扱っている。町の何でも屋、交渉人としての役割は、いかにも尚也らしい仕事だ。

雑多で、報われることが少なく、やっかいなクライアントも多いだろう。

由紀乃はしばらく考えた。

「君に力を貸して欲しい」

尚也の口から、そんな言葉を聞く日が来るとは思わなかった。

すっかり冷めてしまったコーヒーを一口飲んで、由紀乃は尚也が置いて行った名刺を取りあげた。


「中西君」

尚也の声に、由紀乃ははっと顔をあげた。

いつの間にか、島田は自分の部屋に引っ込み、槇村を相手に美樹が複合機の使い方を教えていた。ずいぶん長いこと、ぼんやりしてしまったようだ。

「ちょっと、打ち合わせ良いかな？」

「はい」

執務室に入って扉を閉めると、尚也は金庫から一冊のファイルを取り出した。

「思いがけなく島田先生が早かったので、話が途中になってしまった。緊急性はないのだけど、とりあえず資料には目を通しておいて欲しい」

由紀乃は渡されたファイルを開いた。布張りの重厚なファイルに綴られている物は、一族の中でも幻影時計を扱う者だけが関わりを許される、特別な保険の契約申込書だった。

初めてそれを目にした時、由紀乃はそれがあまりにシンプルで平易な文章だったことに驚いた。

「何これ？」

死後に利用するものとして、生前の時を貴殿に託す。

「……保険の内容は？　約款《やっかん》はないの？」

幻影保険は死後のために時間を積み立てておくことができるシステムだ。例えば毎月十分を積み立てておけば一年で二時間を貯めることができる。契約期間が十年になれば二十時間、やり残したことをやるには充分な時間となるだろう。

だが由紀乃が手にした契約書には、その具体的な内容については、何一つ記載がなかった。時間を積み立てる方法、死後に受け取る方法、免責事項、その他の細々とした取り決めも。

「内容については口頭で説明がなされるから、約款はないんだ。そもそも、その契約書の原型は手紙で、それを覚書《おぼえがき》程度に手直ししたものだからね」

「後で説明した、聞いていないで揉めたら？　この文書に署名をしたら、ほぼ白紙の委任状を託すみたいなものじゃない」

「ほぼ白紙の委任状なんだよ。我々は契約者のためにベストを尽くす。契約者は我々に全てを委《ゆだ》ねる、そうした信頼の契約なんだ」

由紀乃は完全に納得したわけではなかったが、尚也の言葉が揺らぐことはなかった。

「契約者は死後、再び我々の元を訪れる。預けた時間の受け取りを望む場合のみだ」

「望まない人もいるということ？」

「死後に時間を行使する必要がなくなった、あるいは保険の存在に疑いを抱いた、そうした契約者にとっては契約そのものがなかったことになる」

契約者には、権利の行使について説明がなされ、改めて双方がサインをするのだ。

「契約者は御手洗信二《みたらいしんじ》氏。契約を結んだのは……」

由紀乃は尚也が告げる日付を確かめ、一枚の契約書を取り出した。

「……フラワーショップの御手洗様のこと？」

「ああ、私がこの町に来て、初めてのクライアントだ」

ビルの一階にはベーカリーとフラワーショップが入っている。御手洗は、そのフラワーショップの主人で、先々月に肺炎で亡くなったのだ。

幻影時計が彼の訪れを知らせたように、御手洗は尚也の元を訪れてくる。契約によって生前に積み立てた時間を、引き出すために。


「こちらが、御手洗様にお申し込みいただいた契約書になります」

尚也は応接テーブルに、一枚の書類を置いた。向かいの椅子は無人のように見えるが、よく目を凝《こ》らせばそこに人の形をした陽炎《かげろう》が立ちのぼっていることがわかる。

「懐かしいな」

低く、響きの良い声が答えた。

「これを書いたのは四年前になるか」

「夏のことでしたから、三年と半年になりますね」

「死後のために時間を積み立てる保険など、あの時は冗談だと思っていたがね」

尚也と言葉を交わすにつれて陽炎は凝縮し、人の形を取った。ホログラフィのように半透明で頼りない姿だが、白髪の老人が一人そこには座っている。

「皆さん、そうおっしゃいます。冗談か、夢か、気休めかと。それで良いのです。必要な時に思い出していただければ」

幻影保険の契約を交わすと、契約者はその事実を忘れてしまう。契約者が自身が加入した保険について思い出すのは死後のことだ。

それだけに申し込みまでには充分な時間をかけるというのが、尚也のモットーだった。保険の良い点もそうでない点も丁寧に説明し、納得してもらった上で契約をする。

それでは秘密が漏れるのではないかと、由紀乃は聞いたことがある。熟慮期間が与えられた時、その人が他の者に保険について語るリスクがあるのではないかと。公《おおやけ》にされることのない保険の存在を誰かが吹聴《ふいちよう》して回ったら?

すると尚也は静かに笑った。申し込みまでの間に保険のことを他言しようとすれば、その瞬間に全てを忘れてしまうのだと。だから秘密は守られるのだ。そもそも幻影保険の存在は、それを必要としない者の意識をただ通り過ぎていく。

「中に入ることを望む者にだけ入口が見える建物のようだ。それでも、百人に話をして、契約まで進む者は数名だ」

全く割に合う仕事ではない。

一族の中で幻影保険の存在を知る者は、宗主とその側近のみだった。決して多くはないその者たちの間ですら、ほとんど利益にならない保険を止めようという声はあるのだった。宗主の力は、より時代に即し、一族に利をもたらす事業に使うべきではないかと。

その言葉を、幼い美樹の後見として実質的に一族を導く尚也は、退けてきたはずだ。損得の話ではないと尚也は言った。報われることがなくとも、必要とする人がいる限り、それは続けられねばならない役割なのだと。

それなのに今、彼は幻影保険を畳むことを考えている。

「まず、持ち時間のご説明から始めます」

尚也の言葉に、由紀乃は意識を現実へと切り替えた。契約者である御手洗が充分に納得の上で、自身の権利を行使するためにも、これは大切な手続きだ。

「御手洗さんがお預けになった時間は一括タイプで十時間です。そのうち三パーセントにあたる千八十秒分を、私どもがいただきます」

通常の保険にならい、一定の時間をコツコツ積み立てる方式だけではなく、加入時に一括で預ける方法もあって、御手洗が選んだのはそちらだった。

「御手洗さんがお使いになることができる時間は、三万四千九百二十秒、つまり五百八十二分であり、九時間と四十二分ということになります。本日は権利行使に向けた説明と最終意思確認ですので、この時間から引かれることはありません」

「えらく細かいな」

「何ごとにも様式というものがあるのです。中西君、書類をお渡しして」

「はい」

由紀乃は新たな書類を御手洗の前に置いた。

「こちらが、払い戻す時間を行使するにあたっての覚書です。最初の欄に開始希望時刻をご記入ください。ひとたび開始すると中断はできません」

「権利は、いつまでも取っておけるものなのか？」

「はい、お望みのままに」

「だがそれでは、権利の行使を保留する限り、永遠に存在していられるということか？」

御手洗が自分の体を見おろした。半透明で頼りない姿だが、確かに彼はそこに存在する。思考し、言葉を交わすこともできる。

「御手洗様は今、実体を持っていらっしゃいません」

尚也は静かに告げた。

「あなたの想いが空間に投影され、あなた自身を含め我々はその姿を見ているのです。投影する力を持った者が同席する、限られた空間だけでの現象です」

「幽霊とは、そういうものか？」

「私はそう思っております。私が、ある人の幽霊を見るとすれば、それは私自身が映し出した幻影であると」

「幽霊自身は存在しないと？」

存在を否定されたと考えて御手洗が激昂《げっこう》するのではと、由紀乃は内心で身構えた。かつて、そうした契約者がいたのだ。尚也たちを詐欺師呼ばわりして出て行ったあの人は、今もどこかをさまよっているだろうか。

尚也は落ち着いて答えた。

「想いが存在するのです。人は亡くなっても、想いは残ります。ただそれは香のように、少しずつ薄れ、やがては消えていくでしょう。我々の保険は本来形なき想いに実体を与えます。私たちは『幻影』と呼んでおりますが、触れることができ、体温を持つ、私どもと何一つ変わることない姿です」

「生前の姿のままに？」

「基本的には。ですが、契約者様のご希望に沿うことも可能です。お若い時の姿で契約の時間を過ごしたいとお望みの方もいらっしゃいますので」

「なるほど」

御手洗はしばらく何ごとか考えていたが、やがて顔をあげた。

「会いたい相手がいる」

「契約者様と、相手が互いに関心を持っている場合のみ、可能です」

「君たちと変わることない姿で存在すると言わなかったか？」

「幻影は確かに存在し、誰の目にも見えるでしょう。ただ人は、見えるもの全てを認識し記憶に残すものではありません。亡くなった方が、記録と記憶に残っては理に外れてしまいますから」

「確かにそうだな」

「周囲の者には、契約者様は風景の一部のように見えると言えば、わかっていただけるでしょうか。不自然でなく見えてはいるが、関心を持たれず記憶に残ることもありません」

「それも、君たち一族の力というわけか？」

尚也はうなずいた。

「契約者様とお会いになる方が、その出来事をはっきりと記憶に留めておくか、夢と思うか、それとも全て忘却するか……契約者様の望みのままに、私たちが力をお貸しします」

何でもないことのように尚也は言った。契約者が干渉した人間に限られているとはいえ、人の記憶を操ることさえ彼らには可能なのだ。

尚也は銀時計を取り出した。

「当日は、この時計をお貸しします。これは幻影時計と呼ばれていて、契約者様の時を計り、約束された時の間、その身を守ります」

御手洗は銀時計に目をやり、さらにしばらく考え込んだ。

「では一週間後、二月十八日の午後三時より、時間を使いたい」

「それでは、大まかでかまいませんので、三万四千九百二十秒の希望する過ごし方をお聞かせ願いますか？　幻影時間中は私どもが同行いたします。契約者様の行動に制約をつけるものではなく、あくまでもフォローとサポートのためです」

「オペラシティで観劇の予定だ。チケットは生前に購入していたが、処分されてしまっただろうな」

「こちらで手配いたします。観劇の後は？」

「そこまではまだ……今ここで決めておかなけば駄目なのか？」

「いいえ、問題ありません。その日のご気分で決めていただければ良いのです。ただ、予《あらかじ》めご用意しておいた方が良い物があればと思っただけです」

由紀乃は書類に、二月十八日午後三時と書き込んだ。備考欄にオペラシティで観劇と書き添える。書き上げた書類に銀のペンを添えて御手洗に渡す。

「内容を確認して、よろしければサインを」

朧《おぼろ》に見えていた御手洗の手は銀のペンに触れ、それをしっかりと掴んだ。癖がある勢いのある字で彼はサインをした。

「ところで最初に話を聞いた時から不思議に思っていたのだが、なぜ預金ではなく保険なんだね？」

それは由紀乃も最初に感じた疑問だ。

生前に時間を預け、死後にそれを使うのなら、それは時間預金なのではないかと。

「保険であるのは、死後に必要になった時に備え時間を預けておくからです。必要としない人もまた多いので」

「ほう？」

「ご存知のように、死後一定の期間が過ぎないと保険の権利を行使することはできません」

「俗に言う、四十九日というやつだな。確かに私が死んでから、それくらい経つか？」

「その期間が過ぎるまで、現世に舞い戻って権利を行使しようというまでの強い意思を持ち続ける契約者様は、多くありません」

「それはまた、どういったシステムなのかな？　差し支えなければ教えて欲しい。それも、どこかで吹聴しようとすれば忘れてしまうのだろう？」

「ごく単純なシステムです。生前に多くの方が少しずつ時間を預けますと、私どもはその一部をいただき、残りを共有の準備資産として保管しておきます。それを必要となった方が使う。仮に十名が一時間ずつ持ち寄ったとして、必要とする者が五名であったなら自分が預けたより多い二時間弱を使うことができるわけです」

「残る五名は預けた時間を無駄にしたとも言えるが、やり残したことなく逝《ゆ》けたという点では幸運と言うべきか」

権利を行使せずやがて自然に還っていくと、契約は自然に失効扱いとなる。その確率は由紀乃が驚くほどに高かった。尚也はわかりやすく十名のうち五名と説明したが、実際は十名のうち七名は権利を放棄する。

そんなに満足して人は死ぬのか？

由紀乃が聞くと、尚也は答えた。

「全く悔いなく逝く人間などいない。けれど、死者と今を生きる者とでは執着の度合いが違う」

御手洗は強い意思を持っているということだ。やり残したこと、成し遂げたいこと。強い執着が、彼にはあるのだ。

「それでは一週間後、お目にかかりましょう。それまで今しばらくお休みください」

尚也が御手洗を見送るために立ち上がった。

「その際は事務所入口からおいでください」

「お待ちしております」

由紀乃も言葉を添える。御手洗の姿が陽炎のように揺らぎ、やがて消えて行った。

「問題ないようだな」

由紀乃は御手洗が残した覚書を丁寧にファイルに収めた。

「遅くまで悪かったね」

壁の時計は午後九時を回っている。本来、事務所での由紀乃の勤務時間は九時から五時で、残業はほとんどなかった。時間外に働くのは保険の仕事が入った時だけだ。

幻影時間を過ごす契約者に同行することもあるので、勤務時間はどうしても不規則になる。その分の給与は事務所からではなく、尚也から支払われていた。

「島田先生はご存知なの？」

由紀乃の雇用主は尚也ではなく、事務所の所長である島田だ。時間外に働く分を尚也が支払うのは良いとして、本来の勤務時間に一族の仕事をすることもあるのだ。

「君に、事務所の業務と無関係な案件で動いてもらっていること？　もちろん、ご存知だよ。先生はその分の給与も事務所から払うと言ってくださったけれど、流石にそれはお断りをした」

「そうじゃなくて、この仕事のこと」

「……さあ、どうだろう？」

尚也は首を傾げた。

「私から話したことはないし、先生から何か聞かれたこともない。ただ、坂井の一族が故郷では特別な存在であることはご存知だ。村で特別な役割を担っていたことも、美樹が形ばかりの宗主であることも」

「そのこと、話したの？」

「最初は美樹を保育園に入れるつもりだったんだ。けれど、私抜きで美樹に接触しようとする一族の者がいて……一人にしておくことはできないと思った。島田先生には事情を説明して、事務所に美樹が過ごせるスペースを作っていただいた。君が来てくれるまでは、私が外出する時は先生の奥様がわざわざ美樹の面倒をみるために通ってくださっていたんだ」

尚也はパソコンの電源を落とし、書類を金庫にしまった。

「さあ、帰ろう。美樹が待ちくたびれているだろうな」

二人は尚也のオフィスを出て施錠した。島田はとうに帰り、槙村の予定は外出しそのまま退社となっていたから、美樹はカフェスペースで宿題をしているか、ソファで眠っているかしているはずだ。

三階の自宅に一人で帰すより事務所の方が目が届くのだと尚也は言う。一人でいる時はインタフォンに応答しないよう言ってあるし、職務上も事務所のセキュリティはしっかりしているからだ。

美樹の姿はカフェスペースに置かれたソファにあった。薄手のブランケットをかけて、スヤスヤ眠っている。ソファの下には事務所が定期購読している法律の専門誌が落ちていた。尚也は雑誌を拾って美樹に声をかけた。

「美樹、帰るよ」

目を開けた美樹は、ブランケットを不思議そうに見おろした。

「どうかした?」

「これ、かけてくれたの尚也君?」

「いや」

「じゃあ、槇村さんだ」

「槇村君は直帰では?」

「八時頃、戻って来た。ちょっとだけしゃべって、部屋に行っちゃったけど」

由紀乃は槇村の部屋に目をやった。弁護士が使う執務室は防音になっているが扉の一部が磨《す》りガラスになっていて、そこからは確かに淡い光が漏れていた。

「彼は少し働きすぎでは？」

「朝も七時には出社しているみたい」

「土日も入退室の記録があったな」

尚也は小さく吐息をついた。

「島田先生は放任主義だから」

仕事は各人で好きにせよというタイプだ。島田が割り振るわずかな仕事の他に何一つしなくても基本給は保証される。由紀乃と違って尚也と槇村の場合、時間外手当は出ないが、個人で受託して受け取る報酬については一切関知しないというスタイルだ。

由紀乃は首を傾げた。

「でも彼、そんなにがむしゃらに仕事をするタイプじゃないと思うんだけど。そもそも稼ぎたいなら、もっと大手に行くでしょう？」

前の勤務先からクライアントを引っぱってきたようでもないから、槇村がかかえている案件はまだほとんどないはずだ。

「彼は今、どんな案件を扱っているんだ？」

「それが全然、わからない」

島田も尚也も好き勝手やっているようではあるが、業務の全体像は由紀乃が把握していた。スケジュール管理や定型書類の準備、郵送物の仕分け、裁判所や法務局その他へのお使い。それらはパラリーガルである由紀乃の仕事だからだ。

「槇村先生は何も私に任せてくれないの」

新入りだからと遠慮しているのか、由紀乃を信用していないのか、あるいは……。

「徹底的な個人主義とは聞いていたけれど」

尚也が吐息をついた。

「コミュニケーションを取る気が一切ないということか」

カフェスペースで顔を合わせても、会話は続かないのだ。島田と尚也にコーヒーを入れるたび槇村にももちろん声をかけるが、いつも丁重に断られてしまう。

「でも、さっき槇村さんの方から話しかけてくれた」

美樹が言い出した。

「本で読めない漢字があって、電子辞書で調べてもわからなかったの。そしたら槇村さんが読み方も意味も教えてくれた。凄くわかりやすかった」

「槇村君が？」

「もっと良い本があるよってメモも書いてくれた」

「本当に？」

「うん」

美樹はテーブルに置かれた分厚い本に挟んであったメモを引っ張り出した。確かに槇村の几帳面な字で数冊の書名が書かれている。そのうち二つには星のマークがついていた。

「その二冊は槇村さんが持っているから、お古で良ければくれるって」

由紀乃は思わず尚也と顔を見合わせた。由紀乃たちに見せる態度とは大違いだ。

美樹が辞書と首っ引きで読んでいる本は島田の著作だ。一般向けに書かれたものではなく、法科大学院のテキストにも使われている専門的な本だ。由紀乃が読んでも意味を取るので精一杯でとても理解できているとは言えない。

その本と九歳の美樹が格闘しているのだ。心ない大人なら、背伸びにも程があると鼻で笑うだろう。けれど槇村は美樹を馬鹿にすることもなく、学ぼうとする意思を尊重した。

美樹はさらに続けた。

「お礼にプリンをあげたら、喜んでたよ？」

「プリン……」

「お昼やお茶の時間なら、わからないところ教えてくれるって」

もはや驚きすぎて言葉をなくしていた尚也が、ようやく答えた。

「……迷惑にならない程度にな」

「今日は緑茶なの？」

由紀乃は給湯室でお茶の準備をしている美樹に聞いた。所長の島田はコーヒーを好むので、事務所ではコーヒーを入れることが多いのだ。

「今日のお八つは、尾川屋さんの鯛焼きなので」

「買うの大変だったでしょ。並んだの？」

尾川屋の鯛焼きは人気商品で開店前から行列ができるのだ。

「槇村さんが買ってきてくれたんです」

「槇村先生が？」

「プリンのお礼だって」

「珍しいわね」

事務所に来て一週間目にして、槇村がティータイムミーティングに顔を出すのは初めてだった。休息と皆の情報交換を兼ねたミーティングだが、島田が参加を強制しないのをよいことに、これまでずっと槇村は顔を見せなかったのだ。

「そうだ、由紀乃さん、鍵を落としませんでした？」

「鍵？」

「これ、冷蔵庫の所で拾ったんですけど」

「見せて」

由紀乃は美樹からキーホルダーを受け取った。古いタイプのディスクシリンダーキーで、さらに複製を繰り返した物らしく玩具のような安っぽさがある。

「かなり古いキーね。私のじゃないし、島田先生も坂井先生も使わないでしょう」

セキュリティ面で不安がある鍵を、あの二人が使うとは思えない。

「クライアントの忘れ物か、もしかしたら槇村先生の？」

由紀乃が言ったところへ、ちょうど槇村がやって来た。

「給湯室に鍵を落としたようなのですが……ああ、それです。すみません」

槇村は礼を言って由紀乃の手からキーホルダーを受け取った。彼がそれを無造作にポケットに突っ込もうとすると、美樹が声をかけた。

「槇村先生。そのキーホルダー」

「これが、何か？」

「あの……」

淡々と聞き返す槇村に、美樹はわずかに怯《ひる》んだようだった。

「どこで買ったか教えてください。凄く素敵だから」

「ああ、これですか」

槇村はしまいかけたキーホルダーを取り出してデスクに置いた。鍵につけられているのは銀色の楕円形のプレートだった。そこに桜の意匠が彫り込まれている。咲く花だけでなく、蕾や葉、散りゆく花弁までがデザインされた見事な細工だ。

ネクタイの柄をはじめ身につける物は全て、面白みのないほど定番の品で揃える槇村が持つには、意外なほど繊細で優美な物だった。

「お小遣いじゃ買えないかもしれないけれど、尚也君にちゃんと話したら、貯金を下ろしても良いって言ってくれると思うから」

あまり物を欲しがることのない美樹が珍しいことを言う。確かに由紀乃が見ても、それは素晴らしい細工だった。子どもが持つには分不相応な物にも思えるが、美樹は長く大切にするだろう。

もし高価な物なら、誕生日なり何か理由のある時に尚也が買ってやれば良い。ブランドや価格をチェックすべく耳をそばだてた由紀乃は、槇村の答に拍子抜けした。

「これは市販品ではないんです。試作品なので」

「そうですか」

「こんな物で良ければ……」

そう言ってキーホルダーから鍵を外そうとする槇村を美樹は慌てて止めた。

「そんな、駄目です」

「蕾のバランスが今一つで、つぶそうと思ったけれど、鍵をつけるのに便利だから使っていただけです。もともとペンダントトップのつもりで作ったものだから、私が使うにはちょっと可愛らしすぎると思っていたし」

槇村は鍵を外したプレートを美樹に差し出した。受け取ってよいのか戸惑う少女に、槇村は続けた。

「手持ちのチェーンか皮ひもに通せばよい。ストラップにしたいなら金具を買ってくればやってあげますよ」

「ありがとうございます。大切にします」

「なんだったら裏面も同じ物を彫っても良いし」

まるで槇村自身が作ったかのような口ぶりだった。

「もしかして、槇村先生が作ったんですか？」

由紀乃は思わず口を挟んだ。

「はい」

槇村は何でもないことのようにうなずいた。

「大学の時に課題で」

「大学の課題？」

「ええ、工芸科だったので」

槙村が口にしたのは、東大よりも入学が困難という芸術大学の名だった。

「二年で辞めたので専門的なことはほとんどものにしていないけれど、彫ったり切ったりは子どもの頃から好きだったんです」

どうして美大を二年で辞めたんですか？　美樹がそう聞く前に、由紀乃は声をかけた。

「美樹、坂井先生と島田先生に声をかけてきて。お茶にしましょうって」

「はーい」

美樹が二人を呼びに行った隙に、由紀乃は聞いた。

「槙村先生は坂井先生の後輩とお聞きしましたけど？」

「編入試験を受けて三年次から入ったんです」

「ずいぶん思い切った進路変更ですね」

「そうですね」

槙村がそう言って、そこで会話は途切れるはずだった。だが意外なことに話を続けたがったのは槙村の方だった。

「中西さんは、どうなんですか？」

「どうって？」

「以前いた事務所で、パラリーガルは弁護士を目指している人が多かったので。実際に予備校に通っている人もいましたし」

「私は、そのつもりはありません」

「高校の時は、ちょっとその気だったのに」

余計なことを言い出したのは、尚也だ。島田と美樹もやってきて、槇村が入社してから初めてメンバー全員がお茶のテーブルを囲んだ。

「中西君とは小学校から大学まで一緒だったんです」

尚也が槇村に説明した。

「彼女はとても勉強ができて、成績はいつも学年で一番でしたよ。全国模試でも上位に名前が載って、村の期待の星でした」

「尚也君は？」

「私はまあ、ボチボチと」

美樹の問いに尚也は苦笑した。

それは無理のないことだ。尚也は高校に進んだが、双子の姉は中学卒業と同時に本格的に一族の仕事を始めた。宗主は尚也の母親がつとめていたが、数年内にその座を譲ると公言していた。尚也には姉を支える役割が当然に期待されており、高校生活が後回しにされることが少なくなかったのだ。

尚也もまた高校を辞めて一族のために働くべきだという声さえあった。それを抑え、大学進学まで勧めたのは尚也の父親だが、それは村の人に「本家の坊ちゃんには学がある」と言わせるためでしかなかった。

「適当に地元から通える県立大学を目指していたのですが、幼なじみが東京の大学の、しかも法学部を目指していると聞いて、突然、火がついたと言いますか。そこからは大変でしたよ。担任には無謀すぎると泣いて止められましたし、人生、あれだけ勉強したのは初めてでした。司法試験の時より大変だったかもしれません」

「ほう、中西君なくして弁護士としての坂井君は存在しなかったということですね？」

「そんなこと、ありません」

口に出していなかっただけで、尚也は子どもの頃から、その道を目指していた。坂井の一族に権力が集中した村の歪《いびつ》さを彼は感じ取っていて、広い世界を見ること、普遍的なルールや正義、それらを守る存在に興味を抱いていたのだ。

ただ、彼は諦めることに慣れていた。村を出ることも、望む大学に進学することも、自分には無理だと思い込んでいたのだ。

「一族の皆が許してくれない」

尚也はそう言った。坂井の家に生まれ、次期宗主を姉に持つ自分に、自由な生き方は許されていないのだと。

だから由紀乃は言ってやった。

「一生、そうやって一族の言いなりに生きて行くの？　昔の尚也は、そんな臆病《おくびょう》じゃなかった。あの綺麗な時計を私に見せてくれた時、そうしたいから、したんでしょう？」

「諦めなきゃいけないことも、人生にはあるんだ」

「そんなこと、わかってる。でも今の尚也は、人生全部、諦めてる。死んだ魚みたいな目をして」

「……ひどいな」

「小学生の尚也の方が、ずっと格好良かった」

今にしてみれば、ずいぶんひどいことを言ったものだ。でもその言葉は、少なくとも尚也の背を押す力にはなった。

それから尚也が両親や親族とどんな戦いを繰り広げたか、具体的なことは聞かなかったが、ともかくも彼は自由を勝ち取ったのだ。束の間のものであると覚悟の上で。

「死に物狂いで勉強して何とか大学に受かってみれば、中西君は文学部に入学を決めていて、夢のキャンパスライフは灰色になったのです」

尚也は冗談交じりに話を終えようとしたが、珍しく槇村が食い下がってきた。

「なぜ、中西さんは進路を変えたのですか？」

「性格的に向いていないと思ったからです」

由紀乃は正直な気持ちで答えた。進路相談の時も教師と同じやりとりがあったことを思い出し、おかしくなる。

「公正性や倫理観の問題ですか？」

「そうではなくて……感情の問題なんです。私は、島田先生や坂井先生のような熱意を持つことができません」

クライアントのためでも、社会のためでも、あるいは自身の出世のためでも、行動の核となる熱い気持ちがなければ、法律を武器に闘うことはできない。

由紀乃には何もなかった。自分が倫理感に欠けた人間だと思うことはないが、法令順守を他人に強《し》いるつもりはない。強く手に入れたいと願うものも、誰かに寄り添いたいという気持ちも薄い。

あなたはいつも傍観者だから。

母が吐息混じりにつぶやいたのは、いつのことだったか。

「自身で闘うことはできないけれど、闘う人のサポートならできる。そう思ってこの仕事をしています」

尚也にスカウトされた時は、彼の個人的な仕事や美樹のフォローを期待されてのことだったし、島田との面接は単なる茶のみ話だったので、志望動機のようなものを口にするのは、はじめてだったかもしれない。

島田も尚也も興味深そうに由紀乃の話を聞いていたが、特に何を言うでもなかった。

「大した仕事じゃありませんよ」

槇村が苦く笑った。

「私のような人間に勤まるのだから……」

三　幻影と呼ばれる者たち

普段は後ろで簡単に縛っている髪を高い位置でまとめ、いつもより心持ち華やかなルージュを引いた。あくまで付き添いだから華美にならないように、だが行き先がコンサートホールを兼ねる劇場とあっては、平服というわけにもいかない。

由紀乃は昨夜さんざん考えた末に決めたワインレッドのワンピースに紺のジャケットを合わせ、慣れないヒールのある靴を履いた。

ロッカールームを出ると、美樹がぱっと顔をあげた。

「わあ、由紀乃さん、素敵です」

「美樹も可愛いわよ」

「見て」

グリーンのワンピースに白いボレロを羽織った美樹は、嬉しそうにくるりと背を向けて見せた。柔らかな髪は、細かく編み込まれている。美樹の髪は肩にふれる程の長さだが、普段から結《ゆ》ってやるのは尚也の仕事だ。

今日はポニーテールだ、今日は三つ編みだと、あれこれリクエストする美樹にふんふんとうなずきながら、尚也の手は魔法のように動く。

「完璧」

今夜の編みこみはとりわけ手が込んだ仕上がりで、美樹はいつもより少しだけ大人に見えた。

「さ、急ぎましょう」

由紀乃は美樹を促して尚也のオフィスに向かった。


「これはこれは」

御手洗は由紀乃と美樹の姿を見て相好《そうごう》を崩した。

「こんな素敵なレディを二人もエスコートできるとは、光栄の至り」

そういう御手洗もまた、からし色のスーツに身を包み見事な紳士ぶりだ。

「それでは御手洗さん、この時計をお持ちください」

尚也が銀時計を御手洗に渡した。

「内側の文字盤は通常の時間を、外側の文字盤があなたに残された幻影時間を示します。そして、この時計があなたの存在自体を守りますから、身につけていてください」

「なるほど」

「劇場までタクシーを呼びますか？　それとも、まだ少し時間があるので三村君に会って行かれますか？」

三村はフラワーショップ御手洗の従業員だった。物腰柔らかな青年でありながら、開店以来初めて年単位で仕事が続いた強者《つわもの》として知られている。密かにつけられた呼び名は「猛獣使い」だ。

御手洗は悪い人間ではないが、花に対するこだわりが強く頑固な面があったから、ほとんどの従業員は、フラワーショップの仕事が想像していたよりキツイと言うよりも、御手洗と合わずに辞めてしまったのだ。

三村は二年前、高校を中退した直後にフラワーショップ御手洗にやって来た。

アルバイトが長続きせず諦めかけていた御手洗は、高校と同じように途中で投げ出すだろうと、ほとんど期待せずに三村を雇ったのだ。だが三村は辞めなかった。

熱心に花のことを学び、御手洗に怒鳴られれば、ある時は真摯《しんし》に頭を下げ、ある時は受け流し……半年もたたないうちにフラワーショップ御手洗になくてはならない存在になった。

「あいつは緑の指を持っている」

店の隣にあるベーカリーで会った時、御手洗は言った。植物を育てる才能を持っている人のことをそう呼ぶのだ。

植物を育てる力を持った青年は、人の心を潤す力もまた持っていたようだ。三村が来てから御手洗は変わったと、近所や常連客からはもっぱらの評判だった。

「そりゃ、扱う花に間違いはないし、オーナーの知識もアレンジの腕も飛びっきりだけど、あの物言いがねえ」

「愛想笑いしろとは言わないけど、ああも仏頂面《ぶっちょうづら》されると、せっかくの花にケチがつく」

以前はそんな風に言われ敬遠されていた御手洗が、ずいぶんと穏やかになって、時には笑顔を見せるようになった。用事が済めばそそくさと店を後にしていた客たちも立ち話をするようになり、三村の他に二人の女性が楽しそうに店で働き始めた。

そんな御手洗が病に倒れたのは夏の終わりだった。主が不在の店は三村が守り、そして御手洗の遺言によって店は三村に譲られたのだ。

「事務上の手続きも全て済みました。先週から店を開けていますよ」

「彼には会わないよ」

御手洗は言った。

「あれはもう三村の店だ。元のオーナーが顔を出すのは良くない。タクシーも必要ない。実はフルーツパフェというやつを一度食べてみたい。あのフルーツパーラーな、一人ではどうも入りにくくて、いつかと思っているうちに食べそびれたんだ。つきあってくれるかな？」

「もちろん、よろこんで」

「素敵な時間を過ごされますように」

尚也に送り出されて、三人は事務所を後にした。

「自分でも、幽霊だなんて信じられないね」

階段を降りながら、御手洗は自分の胸や腕を軽く叩いた。

「体温もある、脈もある。君たちと少しも変わらんじゃないか。むしろ、前より調子が良いくらいだ。膝も腰も痛まないし」


「すまないが、花を買って来てくれないか？」

フラワーショップの前で、御手洗が足を止めた。

「楽屋に置けるような、あまり大きくないアレンジメントで、白い薔薇が良い。私は美樹君とここで待っているから」

「わかりました」

店の前のガードレールにヒョイと腰を下ろす御手洗と美樹を残して、由紀乃はフラワーショップに入った。花よりもグリーンの香に包まれて大きく息を吸い込んだ時、パチパチと花バサミを操っていた青年が顔をあげた。

「あ、中西さん。この度《たび》は色々とお世話になりました」

三村青年は、雇い主である御手洗からこの店の権利を遺贈された。御手洗の親類と揉めることこそなかったが、名義の書き換えがスムーズに行くよう力を貸したのは尚也だった。

「落ち着いた？」

「おかげさまで。保川《やすかわ》さんも大野さんも続けてくれるし、今度もう一人アルバイトを増やすんです。あ、中西さん、今お帰りなら薔薇を少し持って行きませんか？　咲ききっちゃったんで売り物にはならないけれど、数日は楽しめますよ」

三村はちょくちょく、売り物にならない花を同じビルの住人に分けてくれる。美樹と尚也の部屋には花が絶えないし、由紀乃も時おりこうやって帰り際に声をかけられる。

「ありがとう。でも今日は、これから出かけるから。それで、アレンジメントをお願いしたいの。白い薔薇を中心で」

御手洗から予算を聞いていないことに気づいたが、三村はテキパキとベースとなるスポンジや籠《かご》を取り出した。

「大きさは？　用途はなんでしょう？　お誕生日ですか？」

「ごめんなさい、頼まれた物で、贈る相手のことをよく知らないの。これから舞台を見に行くんだけど、出演者にプレゼントということで」

「花束ではなくアレンジメントをご希望なんですね？」

「ええ、楽屋に置けるような物をと」

「それでしたら……」

三村は、小ぶりな白い薔薇とカスミソウ、由紀乃が名前を知らない緑の葉を選んだ。それだけでは少し淋しい感じがする。

由紀乃が見守っていると、三村は花を挿したベースを籠に入れて、それをモスグリーンの紙で包み込んだ。布のようなふんわりとした質感の紙だった。銀のリボンをつけると、華やかではないが明るいアレンジメントが出来上がった。

「可愛い薔薇ね」

「御手洗さんがよく使っていた薔薇です。美奈子《みなこ》さんがお好きだったから、一年中、切らしたことはありません」

「美奈子さん？」

「御手洗さんのお孫さんです。僕はここで働くようになる前に一度お会いしただけですけど」

「お孫さんがいらしたの？」

御手洗は遺言を島田法律事務所に預けており、相続に関する一切を尚也と共に担当したから、由紀乃は知っている。御手洗に係累はいない。

「今は結婚して、北海道にいらっしゃるそうですよ」

「そう」

由紀乃はアレンジメントを受け取って代金を払った。三村が店の外まで見送ってくれた。

店の前のガードレールに座っていた二人の姿はなく、通りのかなり先の方で由紀乃を待っていた。三村は、それを目ざとく見つけた。

「お出かけって、美樹ちゃんと一緒なんですか？」

由紀乃はうなずいた。

「あれ？」

その時、三村が目を細めた。

「どうかした？」

「いえ。今ちょっと、御手洗さんがいたような気がして」

「それは……」

「おかしいですよね。あの人がいなくなってから時どき、通りで人とすれ違うと、御手洗さんのような気がして振り向くんです。顔を見るとぜんぜん似ていないんですけど、なんででしょうね。仕草とか香りなのかな？」

吹き抜けた風が冷たかったのか、三村は首をすくめた。

「うちには親父がいなくて……だから御手洗さんのこと、ちょっと親父みたいに思っていました。年齢的には、おじいちゃんってくらい離れていたのに。難しい人だったけど、僕はあの人が好きでした」

「御手洗さんも、同じ気持ちだったと思う。だから、あなたにこの店を」

「そうですね」

その時、店の中から電話の呼び出し音が鳴った。

「またのご来店をお待ちしております」

三村は由紀乃に会釈をして、店に駆け込んで行った。薔薇の香りを吸い込んで、由紀乃は歩き出した。

御手洗と美樹は足を止めて由紀乃を待っていた。御手洗が由紀乃からアレンジメントを受け取る。

「これでよろしいでしょうか？」

「ああ、素敵なアレンジメントだ」

「三村さんに言ってあげたら、喜んだのに」

背伸びしてアレンジメントを覗き込んでいた美樹が言った。

「あの人、御手洗さんのことを見てたよ」

契約者である御手洗と、彼が出会った相手の双方が関心を持っている場合のみ、御手洗の存在は現実のものとなる。三村青年ならば御手洗と言葉を交わし、記憶に留めることができただろうに。

「いいんだ」

御手洗は、聞き取れないほど微かに続けた。

「心が鈍ってしまう」


コンサートホールが見えてくると由紀乃は思わず足を止めた。

「何、あの行列」

開演は七時、開演はその三十分前だ。全席指定なので並ぶ必要はないのに、会場入口には長い列ができていた。

「あれはたぶん、キャンセルを待っている人だと思う。チケットは完売しているけれど、キャンセルがあれば当日券が出るから」

美樹が教えてくれた。

「そんなに人気の公演なの？」

御手洗が持っていたチケットは彼が生前契約していた遺品整理業者によって処分されていたから、由紀乃と美樹の分と合わせて三名のチケットは尚也が準備したものだ。キャンセル待ちが長蛇の列となるほど人気公演のチケットを直前にどうやって取ったのか？

聞けば、尚也はきっと、いつもの穏やかな笑顔ではぐらかす。

「一族のってでね」

三人は会場に入った。ロビーも混みあっていて、その大半が若い女性客だ。

「坂井君が、私を来させた理由がわかった気がする」

幻影時間を過ごす契約者には、サポートのために力を持つ一族が同行する。契約者の存在に興味も違和感も抱かせず、周囲に溶け込ませるよう、場を支配する力だ。

今、一族で最も強い力を持っているのは美樹だから、契約者のサポートにつくことは彼女の仕事だ。だが美樹はまだ九歳の子どもで、彼女に全ての判断を背負わせることはできない。あらゆる事態に対応できるよう、美樹にも付き添いがつき、それは通常は尚也の役割だ。

「尚也君、こういうところ苦手そうだもんね」

観劇がということではない。見渡す限り、観客の九割九分が若い女性という状況と、そこから推測される舞台の内容だ。

由紀乃は入口で貰ったプログラムに目を落とした。人気漫画を原作にしたミュージカルで、内容紹介よりもスペースをとって、俳優の顔写真が並んでいる。

「キラッキラしてるわね。アイドルみたい」

「由紀乃さん、本当に知らないんですか？」

美樹が言うには、これはミュージカル仕立てのアイドル公演なのだ。出演者は俳優と言うよりアイドルで、それぞれに熱烈なファンがついている。

確かにチラリと見た物販売り場でも、売られているのは一般的なパンフレットではなく、出演者のブロマイドやCDといったグッズが中心だった。それを頬を染めた女性たちが山のように買い込んでいる。

「とりあえず、席に行きましょう」

ロビーの熱気から逃れるようにして、三人は客席に向かった。席はS席だった。混みあうロビーに比べて、客席はまだ人影がまばらだったが、あちこちから視線が飛んでくる。

最初、由紀乃は場違いな老人である御手洗がジロジロ見られているのだと思ったが、美樹は首を振った。

「あの人たちには御手洗さんは見えてない。私と由紀乃さんの連れ、ただここにいる三人目としか記憶にも残らない」

「じゃあ、なんだって、こんなに注目されてるの？」

「それはたぶん、ここがとても良い席で、とても高い席だからじゃないかな」

「ああ、そういうこと」

熱烈なファンの中には舞台に日参する者もいると聞く。横の繋がりも強く、一見《いちげん》の客に見える由紀乃たちがなぜこんなに良い席に座っているのか、不思議に思っているのだろう。さらに言えば、美樹のような子どもは他に見当たらないから、その点でも目立っている。

「御手洗さん、時計を貸してください」

「これか？」

美樹は御手洗から銀時計を受け取ると、それを両手で握りしめた。

「ちょっと、目立たないようにしますね」

その瞬間、空気が変わった。すっと薄い幕が降りたように、あたりの気配が遠くなる。

「これで、私と由紀乃さんも見えなくなったはず」

人々の視界から消えたのではなく、意識から消えたのだ。美樹は何でもないことのように言って、御手洗に時計を返した。

普段の美樹は、どこにでもいるような九歳の少女で、時おり彼女が背負っているものの大きさを忘れそうになる。

「主演俳優を知っているかね？」

少しずつ客席が埋まっていく中で、白薔薇のアレンジメントを膝にのせた御手洗が聞いた。由紀乃は慌ててプログラムに目を落とした。一際《ひときわ》大きな写真の中で甘い笑顔を向けている青年の名を確認する。芸名なのか、ただ「龍人《りゅうと》」となっている。

「すみません、知らないです」

「当日券に並んでいた人たちが、一番この人のこと話していたし、グッズも半分以上、この人のだった」

「よく見てるのね」

由紀乃は苦笑した。美樹が目端《めはし》が利くのか、自分が鈍いのか。

「顔だけが取りえの三流役者だ」

御手洗が吐き捨てた。

「天狗になっているんだな。初めて見た舞台のほうがまだ力があった。ろくな稽古もしていないんだろう。役者としてはもう終わりだ」

興奮のあまり腰を浮かせる御手洗の姿に、美樹が顔を強《こわ》ばらせた。

フラワーショップ御手洗で、彼が大声で三村を叱り飛ばすところを見たことはあったし、幻影保険の打ち合わせで事務所に来た時も、彼がチラリと皮肉を混ぜたもの言いをすることはあった。

けれど、こんな風に人を悪《あ》し様《ざま》に罵《ののし》る人ではないはずだ。まして子どもの前で。

「御手洗様」

「ああ、すまない」

由紀乃の声に御手洗は吐息をついて椅子に座りなおした。

「あの方に会いにいらっしゃったのですね。どういうご関係か、お伺いしても？」

「孫娘の夫だ」

「え、でも……」

「龍人は独身だと言うのだろう？　それは表向きだ」

御手洗は美樹に向き直った。

「美奈子があいつと一緒になりたいと言った時、私は反対した。あいつが女にだらしないのは有名だったからな。だが美奈子は家を飛び出して、あいつのもとに行ってしまった。結婚しても、龍人は何も変わらなかった。人気にさわりがあるとかいう理由で美奈子との結婚は絶対の秘密にしたまま、あちこちで浮名《うきな》を流している」

「美奈子さんは、今どこに？」

「死んだよ」

美樹が息を呑んだ。

「龍人のために何もかも捨てて、あいつに尽くしたのに、美奈子の想いが報われることはなかった。心を壊して、最後は階段から落ちて死んだと、知らせが来た。事故か、自殺か、あいつが突き落としたのか、真相はわからなかった」

開演のベルが鳴った。気がつけば周囲の席は全て埋まっていた。御手洗は舞台に目をやり、静かに続けた。

「葬儀を終えた時、不思議な保険の話を聞いた。巡りあわせというものだろう。生前、時間を預けておけば、死後に幽霊となってその時間を使うことができるという。私はその場で契約を決めた」

鳴り止まないカーテンコールを無視して、御手洗は立ち上がった。

由紀乃と美樹が慌てて後を追うと、白薔薇のアレンジメントを手にした御手洗は、迷いない足どりで廊下を進んだ。

「龍人に会いに行くんですか？」

「ああ、言ってやりたいことは山のようにある。いや、言葉じゃ足りない」

御手洗は一つ大きく息を吐いた。

「復讐をしてやりたい。痛みを思い知らせてやる」

「痛み？」

「あの男は、孫娘に暴力を」

「彼が？」

いかにも若い女性に人気がありそうな、甘い顔だちの男だ。自分の手を傷める可能性があることをするようには思えなかった。ふっと、御手洗が唇を歪めた。

「みんな、そうだ。あの男がそんなことをするとは、誰も信じない。だから、私がやるしかないんだ」

「御手洗さん」

由紀乃は御手洗の腕を掴んだ。振り向く老人の眼差しは暗く、冷たかった。由紀乃が言葉もなく立ち尽くしていると、美樹が聞いた。

「だから幻影保険に入ったんですか？」

「そうだ。復讐のために、時間を預けた。幽霊ならば何をしても罪には問われないからな。たとえ、あの男を殺したとしても」

「そんなこと……駄目です！」

美樹が思わずというように、アレンジメントを抱える御手洗の左腕にしがみついた。右腕は由紀乃が掴んでいるから、御手洗を左右から押さえている形だ。だが御手洗は二人の存在を感じないように足どりを緩めなかった。

御手洗が力に任せて由紀乃と美樹を引きずっているのではない。彼は軽やかに足を進めるだけなのに、止めることができない。美樹が泣きそうな声で言った。

「こんな時間の使い方は間違ってます」

「現世と同じく法に縛られるならば、契約書に明記するべきだったな」

御手洗は言い捨てた。冷たい拒絶に、美樹の手から力が抜ける。

「あっちへ行っていなさい。ここまで連れて来てくれたことには感謝するが、君たちは関係ない」

御手洗はアレンジメントを美樹の手に押しつけて、小さな体を押しやった。強くふり払われたわけではないが、美樹はよろめき、由紀乃は慌ててその体を支えた。

一瞬、御手洗から意識がそれる。

「御手洗様！」

美樹の悲鳴に似た声に、はっと振り向けば、御手洗の手にはナイフがあった。いったいどこに隠し持っていたのか、刃渡りは十五センチ程、充分な殺傷能力がありそうなナイフだった。

由紀乃は周囲を見回した。廊下を行き交う人はなかった。客席から閉幕の挨拶が微かに流れてきた。カーテンコールが終わり、役者たちが戻って来る。

「楽屋には入れませんよ」

由紀乃は必死に言葉を続けた。

「ファンが殺到するでしょうから、警備は万全なはずです」

「私を止めることができる者はいないはずだ。私の姿が目に映っても、意識には残らない。私が何をしようとしても。そうだろう？　美樹君」

美樹は唇を噛んで何も言わなかった。

それが答だとしたら？　由紀乃は愕然《がくぜん》とした。これまで、尚也の仕事の手伝いをしたことは幾度もあるが、人を害する意思を持った契約者はいなかった。

「でも！　私たちなら止められます」

由紀乃は言った。御手洗を物理的に止めることはできないが、ここで騒ぎを起こして警備員を呼び集め、龍人の警護を厚くしたら、どうだろう？

「君たちの仕事は、私のサポートだと聞いたが？」

「それは……」

「契約者が望む時を過ごすことができるよう、力を尽くしてくれるのではなかったか？」

由紀乃が言葉に詰まったその時、廊下をやって来る人影があった。

「何の騒ぎだい？」

先ほどまで舞台で主役を務めていた青年だ。汗に濡れた衣装のままで、息は荒い。お人形のような笑顔の下で、彼も力を振り絞っていたのだ。

タオルで汗を拭いながら、龍人は美樹に白い歯を見せた。

「その花は僕に？　嬉しいな」

美樹がアレンジメントを握る手に力を込めた。それは龍人に渡すべき花ではない。御手洗が花を贈りたかった相手は孫娘の美奈子だ。白い薔薇が好きだったという彼女のために。

御手洗は迷ったのかもしれない。限られた時間の中で、誰に会い、何を告げるべきか。そして選んだのだ。

店を継がせた三村を激励するのではなく、孫娘の墓前に花を供えるのでもなく、龍人に復讐しようと。

「個人的に会うのはルール違反なんだけど、特別だよ」

龍人の甘やかな声に、美樹は首を振った。

「あなたにじゃありません。この花は美奈子さんに」

その名を耳にしたとたん、龍人の表情がふっと硬くなった。由紀乃が息を呑んで見守る中で、美樹は続けた。

「あなたの亡くなった奥さまに、この花を渡してください」

「なんのことだい？」

龍人は明らかに動揺した。事実そのものよりも、それを告げた相手が自分の腰ほどの高さまでしかない幼い少女でありながら、ひどく老成した眼差しを向けてくることに。

「美奈子って、誰だよ」

龍人は後ずさった。

美樹は一歩踏み出してアレンジメントを差し出した。由紀乃は御手洗の前に立った。ナイフを手にした御手洗の姿を見られるわけにはいかない。

「さあ、受け取ってください」

龍人は美樹を見おろした。荒い呼吸音だけが耳を突く沈黙が続いた。糸で操られた人形のように、龍人はノロノロと手を伸ばした。

だが花籠に触れた瞬間、龍人は大きく頭を振った。アレンジメントを掴み取るなり、彼はそれを激しく床に投げつけた。三村が作ったアレンジメントは無残に壊れ、白薔薇が廊下に散らばった。

「おかしなことを言わないでくれないか」

ガラリと態度を変えた龍人が美樹を睨みつけた。

「僕に妻なんかいない。そんな面倒なものを持つ気はないね」

その瞬間、由紀乃の背後から躍り出た御手洗が叫んでいた。

「妻なんかいない、だと？　美奈子を知らない、だと？」

振り上げられるナイフ。

美樹が悲鳴をあげた。

「止めて！」

由紀乃は御手洗の腕に飛びついた。彼を止めることはできない。それでも、こんなことをさせては駄目だ。

「あなたの憎悪に、美樹を巻き込まないで！」

ふっと御手洗が動きを止めた。だらりとナイフを持った右手が下がる。

「何なんだよ、いったい」

龍人が薄気味悪そうに由紀乃を見た。その眼差しの不自然さに気づき、由紀乃はゾクリとした。彼はなぜ、ナイフを手にした御手洗に目を向けないのだろう。

龍人が見ているのは由紀乃の顔だ。由紀乃と、泣き出しそうな顔で廊下に散らばってしまったアレンジメントを拾い集めている美樹をかわるがわる見て、彼は首を振っている。

「あんた、女優志望なわけ？　これは寸劇ってこと？」


「どうした？」

声と共に複数の足音が近づいて来た。劇場の係員なのか、龍人のマネージャーなのか、スーツ姿の三人の男が廊下を近づいて来た。

「ああ、なんでもない。ちょっとね、熱烈なファンが」

軽い調子で答えた龍人は身を屈《かが》め、足もとの一本の白薔薇を手にした。美樹の手にその花を渡しながら、彼は囁《ささや》いた。

「悪かったね、せっかくの綺麗な花が。でも君が、わけがわからないことを言うから」

「もう……良いです」

「おわびと言ったらなんだけど、今度の公演のチケットを送るよ。住所を教えてくれれば」

美樹は首を振った。

「ああ、そう」

じゃあ、疲れているから。と口の中でつぶやいて、龍人は楽屋に引っ込んだ。慌ててマネージャーらしき男が後を追う。扉が閉まる直前にいらだたしげな声が聞こえた。

「ちゃんとガードしてくれよ！　変な女と子どもが押しかけて来たんだぞ」

龍人には、御手洗の姿は見えていなかったのだ。契約者と、彼が会う者が互いに認識している場合のみ、コミュニケーションは成立する。龍人の中に、御手洗に対する関心はひとかけらもなかったのだ。

美樹が、立ち尽くす御手洗の手を引いた。

「事務所のサボテンが、元気がないの。夏に御手洗さんのお店で買ったやつ」

泣き出しそうな声だった。

「尚也君が、水をやりすぎちゃうの。それじゃ駄目だって言うのに、聞いてくれないから。だから御手洗さんが見てあげて」

ゆっくりと、御手洗が美樹を見た。その目に、徐々に感情が戻って来る。由紀乃は静かに御手洗を促した。

「さあ帰りましょう、御手洗様」

「これは、根っこが腐りかけている」

御手洗は、鉢植えのサボテンをすっかり別の植木鉢に移してしまった。劇場からの帰り道、二十四時間営業しているホームセンターに立ち寄って購入したものだ。

尚也が水をやりすぎたせいで根が腐りかけていて、土も弱っており、サボテンはすっかり枯れそうだった。由紀乃も気になっていて、日光が足りないのかと時どき鉢をベランダに出したりしていたのだが、ほとんど効果が見られなかったのだ。

「売る時に、さんざん説明したと思ったがな」

ブツブツ文句を言いながらも、御手洗は楽しそうにサボテンの世話をした。美樹が助手として細々と動き回る。

二人が作業をしている間に、由紀乃は尚也に経緯を説明した。自身の対応に問題がなかったか……由紀乃は迷いながら言葉を続けた。

「坂井君なら、もっと上手く対応できたかも」

舞台が始まる前に御手洗が目的は復讐だと語った時点で、動くべきだったのかもしれない。

「それは結果論に過ぎない。私が行っていたら、最悪の結果になっていたかもしれない。御手洗さんを止めることができず、龍人が刺されていたら？　手を下したのは私か美樹と思われていたかもしれない」

「でも……」

「御手洗さんの希望を聞いた時、この可能性に思い至らなかったわけではない。契約当初から、あの人は何か暗い覚悟を持って、時間を預けるのだと感じていた」

「だったら！」

「私たちの仕事は、可能な限り契約者の心に添うことだ」

「それが、法を犯すことであっても？」

「死者は現世の法に縛られることはない」

御手洗と同じことを尚也は言った。

「それでも、守るべきことはあるわ」

「ああ、だからか」

尚也は、ふっと眩《まぶ》しそうに由紀乃を見た。

「何が？」

「そういう風に思う君だから、御手洗さんを止めることができたのだろう」

サボテンの鉢を窓辺に置いてから、御手洗と美樹は手を洗ってテーブルに座った。既に午

ムジャム苺。たれ入をーィテンアシロたっ言とだき好が洗手御は乃紀由。るいてぎ過を時零前

をたっぷり入れた紅茶を一口飲んで、御手洗はほっと吐息をついた。

「死ねば想いは昇華されるとか、透明になっていくなんて、あれは嘘だな」

苦く笑う御手洗に、尚也は静かに答えた。

「幽霊は、恐ろしいものではありませんよ。でも夢見るほど綺麗なものでもない」

「いきなり立派な人格になれるわけがない、ということだな。無様な姿をさらしてしまった。熱くなっていたのは私だけで、相手にもされなかったとは」

「御手洗さん」

「いいんだ」

何かをふり切るように、御手洗は話題を変えた。

「三村は、やっていけそうかね？」

「ええ。もう立派な主《あるじ》ぶりですよ」

御手洗は幾度もうなずいた。

「美奈子も、あんな馬鹿な男でなく三村のような男を好きになれば良かったのに」

あいづちを求めるまでもなく、御手洗は続けた。

「今更、言ってもせんのないことだな」

「ええ」

四人は、それからしばらく取りとめもない話を交わしながらお茶を飲んだ。

「あんな男に会いに行って下らん時間を過ごすより、ここで君らとお茶を飲み、サボテンの世話でもしてやった方がよほど有意義だったな。まったく、もう少しで枯れてしまうところだったじゃないか。冬場のサボテンにあんなに水をやるバカがどこにいる？」

御手洗にジロリとにらまれて、尚也は苦笑した。

「でも、もういい」

その一言で気持ちの整理がついたというように御手洗が笑った時、カシャンと微かな音がして事務所の入口が開錠する音がした。

由紀乃は思わず尚也と顔を見合わせた。こんな時間に事務所を訪れるのは誰なのか？　訪れたのはセキュリティキーを持っている島田か槇村でしかありえないが、既に深夜を過ぎているのだ。

よっこらしょと立ちあがった御手洗は、最後に美樹の頭にそっと手を置いた。

扉を開けて入って来たのは槇村だった。

「お二人とも、まだ、いらっしゃったんですか？　美樹さんも」

「急ぎの仕事があってね。先方の時差の関係で、中西君には無理を言って残ってもらった」

尚也がサラリと嘘をつく。

「声をかけてくだされば……」

槇村はふっと、言葉を切った。

「失礼。お客様でしたか」

「え？」

由紀乃は槇村の眼差しを追った。彼は今、御手洗を見ている。確信を持って。

ふわりと、窓を開けていない部屋に暖かい風が吹いた。美樹の前髪を揺らしたその風は、同じほどの軽やかさで御手洗の姿を揺らした。

由紀乃が一つ瞬《まばた》きをする間に、御手洗の姿は消えた。

コトリ。小さな音を立てて、彼が持っていた懐中時計がテーブルに残された。美樹が懐中時計を手にして、そっと胸に当てた。

「どういうことですか？」

静かに槇村が聞いた。目の前で人が消えたというのに、彼の表情は穏やかだった。尚也から由紀乃、そして美樹へと視線を向けながら、彼は慌てることも咎をせかすこともなかった。

懐中時計を握りしめた美樹が困ったように尚也を見た。

「私のオフィスで話しましょうか」

尚也が槇村を促した。一緒に来るようにと目で言われて、由紀乃も立ちあがる。

「美樹は、ここで待っていてくれないか？」

「でも……」

「ちょっと大人の話があるんだ」

「はい」

美樹は素直に答えると、手にしていた銀時計を尚也に渡した。少しだけ淋しそうな、拗《す》ねたような表情で、カフェスペースのソファに座り込む。

胸が痛んだが由紀乃は黙って尚也の後について行った。

温かなカフェスペースに反して、尚也のオフィスは冷え切っていた。由紀乃はエアコンのスイッチを入れて、三人は面談スペースに腰を下ろした。

「君は、見える人間なんですね」

口を切ったのは尚也だ。

「そこにいるはずのない人間をということですか？　だったら答はイエスです。もっとも見える時も見えない時もあるけれど」

槇村は淡々と言った。

「先ほどのように、はっきりと見えるのは久々です。うちの家系には時どき、そういう人間が出るらしくて。……という話を当たり前に聞いている中西さんも、そうなんですね」

由紀乃はうなずいた。尚也や美樹のように特別な力は持っていなくとも、見ることだけはできるという人は時おり存在する。

「そして坂井先生と姪御さんは、それ以上の何かを持っているようですね」

「どうして、そう思いました？」

「私が、あの霊について聞いた時、中西さんも美樹さんも、坂井先生を見ましたから。私の問いに答えるかどうか、何をどこまで話すのか、あなたが決定権を持っているのでしょう」

「君は、とてもよく人を見ていますね」

尚也は微笑んだ。

「私の一族は、少しばかり変わった力を持っているのです。地元では土地神を祀《まつ》る神職を務めています。中でも本家の者には代々、特別な力が伝わります」

「霊が見えると？」

「もう一歩踏みこんで、彼らの力になれると言った方がいいでしょう」

「坂井君」

由紀乃は思わず口を挟んだ。美樹ならともかく、由紀乃には尚也を責める権利はないし、そんなつもりもない。ただ、戸惑っている。

槇村と共に働き出してから、まだ間もない。話した後で、彼の記憶を消すつもりかもしれないが、槇村は忘れないだけの力を持っているかもしれないのだ。

尚也は心配いらないという風に、由紀乃にうなずきかけると話を続けた。

「私たちは、幻影保険というものを営んでいるんです。代々の宗主に引き継がれていく仕事で、本来は美樹に課せられた仕事ですが、彼女が成人するまでは私が後見を。中西君には私たちのサポートをお願いしています」

「保険、ですか？」

「私たちと契約していただいて、生きている時に時間を預けておくと、亡くなった後にその時間を使うことができるのです。一族では、彼ら契約者が蘇《よみがえ》った姿を幽霊ではなく幻影、もしくはファントムと呼びますが」

「ファントムペイン」

槇村のつぶやきに、由紀乃は小さく息を呑んだ。

はじめて尚也の口から幻影保険について聞いた時、由紀乃もまた、その言葉を思い浮かべたのだった。ファントムペインとは幻肢痛《げんしつう》のこと。切断した四肢などの感覚や痛みを感じる現象だ。失われたものを、心が忘れることはできない。

尚也もまた思うところがあったのか、それまでとは違う表情で槙村を見た。

「昔から続いているにしては、ハイカラな呼び名だと思うでしょう？」

幽鬼でも、怨霊でも、物の怪《もののけ》でもなくて。

「英国生まれの先祖が作り出したシステムなのでね」

「坂井先生のご実家は、土地神を祀る神職とのお話でしたが？」

「高祖母の母にあたる女性が宗主だったおり、英国からやってきた青年と恋に落ち結婚したのです。アシュリー・グレン。十九世紀半ば、アイルランド貴族の息子であり、名の知られたフェアリードクターだったと聞きます」

霊が見えるかと聞かれた時にそうであったように、フェアリードクターという単語にも槙村は拒絶を示さなかった。信じるか否かは別として、耳を傾ける態勢だ。尚也もまた、通り一遍に説明して流してしまおうというのではなく、もう一歩踏み込もうとしている。

「はじまりは、アシュリーの母親セアラが妖精と交わした契約にありました。体が弱かった彼女はアシュリーが七歳の時に亡くなったのですが、以後も七年間、息子の誕生日に姿を現しました。言葉を交わすこともなく、幻のような一時だったけれど、セアラは毎年一つずつ宝石を残していきました。最初の年はダイヤモンド、次の年はエメラルド」

アメジスト、ルビー、エメラルド、サファイア、トパーズと続く石は、その頭文字で一つの言葉を綴る。「DEAREST」最愛の人、と。

そこで終わっていれば、息子を想う母が起こした奇跡、美しい愛の物語だったのだ。だが実際は、アシュリーに対するセアラの想いが浄化されることはなく、愛は執着に姿を変えた。

「妖精との契約の時が過ぎても、この世に留まろうとしたセアラは悪霊と呼ばれるものとなりました。アシュリーに執着するあまり、彼の敵だけでなく近づく全てに害をなす存在になってしまったのです」

由紀乃はセアラの絵姿とされるミニチュア肖像画を見せてもらったことがある。少女のように若く可憐《かれん》な人だったのに。

「母譲りの強い力を持っていたアシュリーは、セアラを救うために彼女が残した七つの宝石をはめ込んだ懐中時計を作らせました。想いを受け止めた証《あかし》として。セアラの霊はそこに居場所を定め、ひとたびは落ち着いたかに見えました」

「でも上手くは行かなかった？」

「アシュリーの父親が再婚したのです。父親の心は再婚相手とその連れ子に移り、アシュリーを疎《うと》むようになりました。再婚相手に唆《そそのか》され、彼は息子の命を奪おうとしたのです。セアラは、アシュリーを守りました。ですが既に人としての理性を失っていた彼女は暴走し、アシュリーの父と義理の母の命を奪ってしまったのです」

その猟奇的で不可解な死については当時のオカルト雑誌に取り上げられた。人の手による殺人とは考えられない。だからこそ、アシュリーが疑われたのだ。異端の力で父と義理の母を殺した者として。

「彼には海を渡って逃げる他ありませんでした。財産と呼べる物もなく、セアラが憑《つ》いた懐中時計だけを手にして。彼が目指したのは、私たち一族の村でした」

極東の国に強い力を持つ一族がいると聞き、アシュリーは藁《わら》にも縋《すが》る思いでこの国にやって来た。

「最後の希望だったのか、あるいは既に投げやりになっていたのか……いずれにしてもアシュリーはこの国を訪れ、当時の宗主であった由良《ゆら》と出会いました。本来、よそ者を極端に警戒する排他的な村ですが、アシュリーが受け入れられたのは、彼が一族のものと遠いようで近い力を持っていたこと、全てを失い傷ついた無垢《むく》な魂の持ち主だったこと、そして何よりも由良が彼に惹《ひ》かれたからです」

尚也はポケットから懐中時計を取り出した。蓋を開けると文字盤には七つの小さな宝石が光っていた。セアラが息子に贈った七つの石だ。

「アシュリーの時計です」

「母親の霊が憑いているという？」

「今はもういません。彼女は満たされ、眠りにつきましたから」

尚也は微笑んだ。

「由良の力をもってすれば、セアラを祓《はら》うことは可能だったかもしれません。でも彼女はそうせず、セアラの心を満たしてやる道を考えたのですよ。息子を見守り続けたい。その望みを叶《かな》えてやりたいと」

村にはその時、由良とアシュリーという二人の強い力を持つ者がいた。セアラが宿る時計があり、英国生まれのアシュリーが持ち込んだ生命保険に関する概念があった。そして、村人たちが時間を持ち寄り利用しあう「時無尽」があった。

「由良とアシュリーは、今の幻影保険につながるシステムを作り上げました。契約者から時を集め、幾ばくかの時をいただく。それをセアラに与えたのです。彼女が飢え渇くことがないように。セアラの目撃譚《たん》は村の記録に多数残っていますが、アシュリーの死を最後に記録は途絶えました」

「恐ろしいほどの執着ですね」

「この世には千年たっても救われない怨霊の類もいることですし、せいぜい八十年の執着など可愛いものですよ。セアラの存在があってこそ、私たちは今ささやかに、亡き方の力となれるのですから」

「先ほどの方も、そうなのですね？」

「はい。御手洗さんは、私たちの契約者でした。先々月お亡くなりになり、今日その契約が果たされたのです」

「あなた方の保険に加入して幽霊になれる人は幸せですね。でも……」

槇村は言いよどんだ。

「残された人は救われない」

「とは？」

「私は、いつか自分が死ぬ時のために、その保険に入ることができるでしょう。でも、失ってしまった人に、もう一度出会うことはできない」

「会いたい人がいるんですね？」

「誰だって、そうでしょう」

槇村ははぐらかすように笑った。

「物心つく前の子どもならいざしらず、別れを経験せずにいる人なんていません」

「そうですね」

由紀乃は目を伏せた。

もしも愛する者の死によって、全てを失ってしまうなら、孤独と絶望感しか残されず、残りの人生を心閉ざして生きるなら、人はなぜ出会うのだろう。失うことに怯えるだけならば、魂の半分に出会うことは悲しい呪いでしかない。


「それよりも、槇村君はなぜこんな時間に事務所に？　私たちは、今お話しした通り保険の仕事があったのですが」

「さっきから気になっていたんですが、その保険に美樹さんを関わらせるのは、どうなんでしょう。子どもを巻き込むことには賛成できません」

昼間、美樹が事務所に出入りしていることについては何も言わない槇村が、明らかに非難を込めた口調で言い出した。

「美樹を巻き込んでいるのではありません」

尚也が少し戸惑ったように答えた。

「先ほど君は、何をどこまで話すかの決定権は私が持っていると言いましたが、それには注釈がつきます。真の決定権者は美樹なのです。彼女は一族の宗主で、私はあくまでも後見人、美樹が成人するまでの繋ぎです」

「そうですか」

「話をそらさないでください。今は君のことを聞いています。島田先生も、君がオーバーワーク気味であると気にしていました。真夜中に事務所に来なければならないほど、いったいどんな仕事を抱えているのです？」

「今夜来たのは、仕事ではありません」

槇村は思いがけないことを言い出した。

「仮眠スペースをお借りして寝ようと思ったんです。すみません」

「終電を逃しましたか？」

「でも、槇村先生のお住まいは、ここから近いですよね」

タクシーなら五分とかからない。歩いても大した距離ではないだろう。

「いえ。さっきまで家にいたんですが、共有スペースでホラービデオ・オールナイト上映とやらが始まって、うるさくて眠れなくて」

「ああ、君はシェアハウスに住んでいるのでしたね」

「はい。若い人が多くて、時どき手をつけられなくなります」

まだ二十八歳の槇村がそう言った。

「あそこは仮住まいのつもりだと思っていました」

尚也が眉をひそめた。

「急な引越しでしたから」

「しばらくは、あそこにいるつもりです」

槇村は立ち上がった。

「そういうわけで、仮眠室をお借りします」


「あれは、良くないな」

槇村が仮眠室へ消えると、尚也がつぶやいた。

「良いじゃない、あいている仮眠室を使うくらい。光熱費が気になるの?」

「それは構わない。私が言うのもなんだが、せっかくの設備を遊ばせておくのはもったいないし、仮眠室やシャワーくらい、好きなだけ使っていいんだ」

「じゃあ、何が?」

「槇村君が暮らしているシェアハウスは、あまり環境が良くなくてね」

「そうなの?」

「ドミトリー形式と言うのかな、六畳程度の部屋に二段ベッドが二つあって、そのベッドだけが各自のスペースだった。私物を置くロッカーは別にあるようだが、盗難も珍しくないらしい。周囲から苦情が持ち込まれていると聞いたこともある。近隣はオフィスばかりで夜は人がいないのを良いことに、節度を外れた騒ぎ方をすると」

「なんだって、そんなところに？」

事務所の給与を考えれば、経済的な理由ではない。

「どうも彼は、自分自身に対して投げやりなところがある」

「坂井君だって、あまり自分を大切にする方じゃないと思うけど」

そうは言ったけれど、由紀乃にもわかっていた。自分を大切にしないことと、自分を傷つけようとすることは、まるで違う。槇村は後者だ。

「それに、困ったな。遅くなったから、中西君には泊まってもらうつもりだったんだ。ベッドが二つあると言っても、槇村君と一緒というわけにはいかないし。ああ、私が仮眠室で寝るから、中西君は上で眠るか？」

「帰ります」

「ではタクシーを呼ぼう」

尚也が電話に手を伸ばすのを見て、由紀乃は先に部屋を出た。

テーブルの上を片付けようとしたのだが、使ったカップは既に洗い籠に伏せてあった。美樹がやってくれたのだ。サボテンの世話をするために用意されたハサミやビニール紐、新聞紙といった物もキチンと片付けられている。

尚也を待ちくたびれたのか、美樹はソファで眠っていた。丸くなって、熊のぬいぐるみを抱きしめている。

ぬいぐるみは彼女の母親が買った物で、美樹が小さい頃はいつも一緒にいた。少し大きくなって美樹がそれを抱き上げることがなくなってからは、事務所に置かれて、今でも幼児連れで面談に来たクライアントがいると、出番となるのだった。

由紀乃はソファの傍らに膝をついた。熊のぬいぐるみをぎゅっと抱いて眠る美樹の目もとに涙が光っているように見えた。

大人びて、しっかりした子どもだから、由紀乃も尚也も、彼女がまだ九歳だということを忘れてしまいがちだ。

甘えたいさかりに両親を亡くして、引き取ってくれた叔父は優しくても多忙だ。小学校は休みがちで、放課後はいつも事務所にいる。彼女が生まれた環境を考えると無理のないことかもしれないが、周囲は大人ばかりで、同じ年の友人もいない。

尚也の姉、樹里のように、このままでは美樹も「特別な子ども」になってしまう。

その時、美樹が小さく身じろぎした。目を覚ましたのかと思ったが、ぎゅっと眉をよせた少女は目を閉じたままだった。苦しげな声が唇から漏れる。

「お母さん……」

由紀乃は、はっとした。

「お父さん、行っちゃ駄目」

助けを求めるように差し出された小さな手を、由紀乃は慌てて握った。美樹はうなされていた。両親を亡くした事故の夢を繰り返し見るのだと、由紀乃は尚也から聞いていた。

悪夢から呼び戻そうと手を伸ばした瞬間、美樹はパッと目を開けた。大きく見開かれた目には涙が溢れている。ソファから跳ね起きて、あたりを見回す小さな体を、由紀乃は優しく抱きとめた。

「怖い夢を見たのね。もう大丈夫よ」

「……夢？」

どこかふわふわとした幼い口調で美樹はつぶやいた。

「でも、本当にあったこと。なかったことにはできない」

「美樹……」

胸をつかれて、かける言葉を見失った。美樹が見た悪夢は今この日々の現実ではない。けれどそれは、まぎれもなく起きてしまった悲劇なのだ。まだ幼かった美樹が、事故のことをどこまで具体的に覚えているかわからない。それでも記憶の奥底に痛みや恐怖は刻み込まれている。

普段は心の底に沈殿しているそれが、何かのきっかけで揺り動かされ夢に現れるとすれば。

「ごめんなさい」

由紀乃は美樹の髪に触れた。

「由紀乃さん？」

「怖い思いをさせたでしょう。今回の案件は、私や坂井君の事前調査が足りなかった」

いくら冷静に見えたとしても、御手洗が露《あらわ》にした憎悪と殺意を目《ま》の当たりにした美樹がショックを受けないはずがなかったのだ。由紀乃ですら足がすくんだのに。

美樹は静かに由紀乃の抱擁をといた。

「由紀乃さんのせいじゃないです。あれは私たちの仕事だもの」

そう言う美樹は、もうすっかり普段の彼女だった。年に合わぬ落ち着きと覚悟を身につけた一族の宗主だ。きっと「私たち」という言葉に由紀乃は含まれていない。

「びっくりさせて、ごめんなさい。寝ぼけちゃっただけだから、尚也君には内緒にしておいてください」

「でも……」

「お願い、由紀乃さん」

美樹はふいに由紀乃の腕を掴んだ。

「余計なことで、これ以上尚也君を心配させたくないの」

「余計なことじゃないでしょう」

「尚也君は私の為に色んなものを背負ってる。だって、変わってしまったもの」

「変わってしまった？」

「どこがって、はっきりとは言えないけれど。親戚の人たちが言っているのも聞きました。私を引き取ってから尚也君は変わった。しなくてもいい苦労を背負い込んだから……」

「それは違う」

由紀乃は美樹の言葉を遮った。

「坂井君が変わったように見えるとしたら、それは事故のせいでしょう。大きな事故だったのだし。雰囲気が変わったなとは、私も再会した時に思ったけれど」

「やっぱり、由紀乃さんも？　どんなところが？」

迷いながらも言葉を続けようとした時、尚也が自室から出てきた。

「中西君、タクシーが下に着いたそうだ」

「はい」

由紀乃は慌てて鞄と上着を手にした。

「美樹、話はまた今度ね」

「はい」

「何の話？」

「女子トークだから、坂井君には関係ありません」

「関係ありません」

由紀乃と美樹は冗談めかしたやりとりで尚也の追及をかわした。

「おやすみなさい」

「気をつけて」

美樹と尚也の声に送られて事務所を後にしながら、由紀乃は二人が巻き込まれた事故のことを考えていた。

四年前の雨の夜、美樹と彼女の両親、尚也が乗った自動車は、スリップした対向車に正面から衝突された。車両前方の損壊が激しく運転席にいた美樹の父親は即死、車体は原形を留めていなかった。

それは母からの電話で聞いたことだった。由紀乃自身は事故車両を見ていないし、現場に足を運ぶこともなかった。だから今まで漠然と、尚也と美樹は交通事故にあったとしか思っていなかったのだ。いったいそれはどれほどの事故で、尚也が負った傷はどれほどのものだったのだろう。

美樹にも言ったように、尚也と再会した時、自分がよく知る彼とどこかしら違うと感じていた。かなり痩《や》せていたせいでもある。姉と義兄を失い自身も大きな傷を負ったという尚也だ。変化は当然のものと思われた。

尚也は今では自分でハンドルを握ることはないし、移動の際もタクシーではなく電車やバスを使う。そもそも、外出をあまりしないのだ。外に出かける仕事のうち由紀乃で対応できるものは全て任されている。かつての尚也はフットワークが軽く、何でも自分でやりたがる方だったのに。

もしかして彼は、今もなお事故の後遺症に苦しんでいるのだろうか。足を痛めているようには見えないが、どこかに痛みや不具合を抱えているのかもしれない。由紀乃や美樹に見せないだけで。

四　時を託すということ

薄いコーヒーを飲みながら、由紀乃は足元のホームに滑り込む新幹線に目をやった。

午前中いっぱいかけて、あちこちの役所に資料を取りに行った帰り道だ。事務所に戻る前に軽く昼を食べようと思ったが、どの店も混雑していて、ようやく新幹線のホームを見下ろす止まり木のようなコーヒースタンドを見つけたのだ。

あまり食欲がないままにホットサンドをかじりながら、由紀乃はスマホをチェックした。事務所から特に連絡はないから、ゆっくりとコーヒーを飲む。

次の休みに久々に母の顔を見に帰ろうかと、由紀乃は新幹線の空き状況を調べ始めた。グランクラスから普通車まで、一人旅なら選び放題だ。

けれど由紀乃はため息をついて、手を止めた。

母の顔を見に行くというのは口実であり、本当は、四年前の事故の詳細を調べに行きたいのだ。今更、尚也に聞くこともできず、新聞記事索引検索サービスを使ったが、四年も前に地方で起きた小さな事故について記事は見つからなかった。地方版の片隅、地元の人間しか目を通さないような記事だったに違いない。

母に電話をしても、恐らく本当のことはわからない。村に住む者にとって、一族の本家からもたらされる情報が唯一絶対のものだ。それは必ずしも真相ではない。

事故のことを今更調べてどうしようというのか。


「よろしいですか？」

低い声と共に、傍らに人の気配があった。窓に向かったカウンター席だから、見知らぬ者どうしが隣り合わせになることは珍しくない。店内が混みあってきたのかと、由紀乃は慌てて隣の席に置いていたコートを取り場所をあけた。

背の高い初老の男が、手にしたコーヒーを置いて腰を下ろす。その顔に、由紀乃は見覚えがあった。今よりずっと若い頃の顔にだ。

「中西由紀乃さんですね」

さらりと名を呼ばれ思い出す。彼を見たのは十数年も前のこと、尚也の家を訪ねるといつでも彼の姿があった。ある時は宗主の秘書のように、ある時は尚也と姉の家庭教師のように。身内というほど親しげではなく、かといって他の使用人とは一線を画した態度が印象に残っている。

改めて店内を見回せば、あちこちに空席があった。彼はわざわざ由紀乃の隣に座ったのだ。

「ご無沙汰《ぶさた》しております」

由紀乃は無言で男を見返した。村を出て十年以上も経つ、それも分家筋の由紀乃の元に、一族の者が接触してくる理由は何だろう。

「今お時間よろしいでしょうか？」

ひどく丁寧な口ぶりの男はスーツの内ポケットから名刺入れを取り出し、一枚をテーブルに滑らせた。一部上場企業の社名と共に「比佐々木」という変わった姓が記されていた。

「……ヒササギ様とお読みするんですか？」

男は、おやという顔をした。

「一度でそう読んでいただけることは珍しいのですが」

「坂井君がそう呼んでいたのを思い出しました」

ヒササギは、宗主の影だから。

尚也は教えてくれた。強い力を持つ者は生まれないが、一族の歴史や儀礼に精通し、代々の宗主の相談役を務める比佐々木家は、分家の中でも特別な家だ。その当主は本家で宗主一

POST CARD

料金受取人払郵便

小石川局承認

9109

差出有効期間
2021 年
11 月 30 日まで
(切手不要)

112－8790
127

東京都文京区千石 4-39-17

株式会社　産業編集センター

出版部　行

★この度はご購読をありがとうございました。
お預かりした個人情報は、今後の本作りの参考にさせていただきます。
お客様の個人情報は法律で定められている場合を除き、ご本人の同意を得ず第三者に提供することはありません。また、個人情報管理の業務委託はいたしません。詳細につきましては、「個人情報問合せ窓口」(TEL：03-5395-5311〈平日 10:00 ～ 17:00〉)にお問い合わせいただくか「個人情報の取り扱いについて」(http://www.shc.co.jp/company/privacy/) をご確認ください。

※上記ご確認いただき、ご承諾いただける方は下記にご記入の上、ご送付ください。

株式会社 産業編集センター　個人情報保護管理者

氏名《ふりがな》

(男・女／　　　歳)

ご住所　〒

TEL：

E-mail：

新刊情報を DM・メールなどでご案内してもよろしいですか？	□可　□不可
ご感想を広告などに使用してもよろしいですか？	□実名で可　□匿名で可　□不可

ご購入ありがとうございました。ぜひご意見をお聞かせください。

■ お買い上げいただいた本のタイトル

ご購入日：　　　年　　月　　日　　書店名：

■ 本書をどうやってお知りになりましたか？

□ 書店で実物を見て
□ 新聞・雑誌・ウェブサイト（媒体名　　　　　　　　　　　　　　　　　　　　　　）
□ テレビ・ラジオ（番組名　　　　　　　　　　　　　　　　　　　　　　　　　　　）
□ その他（　　　　　　　　　　　　　　　　　　　　　　　　　　　　　　　　　　）

■ お買い求めの動機を教えてください（複数回答可）

□ タイトル　□ 著者　□ 帯　□ 装丁　□ テーマ　□ 内容　□ 広告・書評
□ その他（　　　　　　　　　　　　　　　　　　　　　　　　　　　　　　　　　　）

■ 本書へのご意見・ご感想をお聞かせください

■ よくご覧になる新聞、雑誌、ウェブサイト、テレビ、
よくお聞きになるラジオなどを教えてください

■ ご興味をお持ちのテーマや人物などを教えてください

ご記入ありがとうございました。

家と寝食を共にし、後継者となるべき子どもの教育も任される。

「尚也様にお教えすることは多くはありませんでしたが」

坂井の家で、宗主を継ぐべく育てられたのは樹里だ。由紀乃の目から見ても、その扱いには歴然とした差があった。

「今は美樹の相談役ということですか？」

彼女にそんな存在がいることは聞いていない。言外に匂わせると、比佐々木は大きくうなずいた。

「お話というのは、そのことです。私は美樹様の身を案じております。宗主として立つにはあまりに幼く、無垢であるあの方を」

ことさら声を潜めることもなかったが、時代がかった会話にも周囲の者は無関心だ。比佐々木家には強い力を持つ者は生まれないと尚也は言ったが、この男にも、それなりの力があるということだ。

「尚也様が美樹様を村から連れ出したことは、正しい判断ではありません。彼はそんなことをすべきではなかった」

由紀乃は、すっかり冷たくなったコーヒーを一口飲んだ。確かに、由紀乃も思ったことはある。

尚也はどうして、両親を亡くしたばかりの美樹を生まれ育った土地から引き離すようなことをしたのか？　職場にまで美樹を連れて行き、同世代の友人もいないような生活を彼女に強いたのはなぜか？

「美樹様は正式な承継式すら行っていないのです。一族の一部には、そこをついて他の者を宗主にと推す声すらあります」

「承継式は美樹が成人してからと聞いたわ。樹里さんが宗主になった時に後継者としてお披露目されたのでしょう？　美樹は樹里さんの忘れ形見だし、力も持っている。宗主として不足はないと思うけれど」

「ああ、由紀乃さんは美樹様の特別な仕事にもご助力いただいているのでしたね」

この男は、何をどこまで知っているのか？　内心のざわめきを押し隠して、由紀乃は肩をすくめてみせた。

「保険のことは一族の中でも限られた者にしか知らされないのは、わきまえています。私に明かすという判断をしたのは坂井君なので、責められても困るけれど」

「責めるなど、とんでもございません。宗主の特別な仕事を支える者は必要です。我が比佐々木家もそうですが、力の大小は関係ないのです。むしろ力はない方が好ましい。あの時計……」

比佐々木は言葉を切って、由紀乃を見た。

「由紀乃さんは、あの時計をどう思いますか？」

「どうって……綺麗で不思議な時計だなあって。私には動かすことはできないけれど、力は感じます。強くて、恐ろしいほどの」

「恐ろしい、ですか」

ふいに、比佐々木が微笑んだ。

「あの時計は確かに畏れるべき力を秘めています。時計を作ったアシュリー・グレンは希代《きだい》の霊能力者でした。あれは本来、人の手には余るものなのですよ。だからこそ誓約が必要となるのです」

「誓約？」

「宗主となる者は承継式で誓いを立てます。幻影時計を濫用《らんよう》せぬこと、信頼と誠意に基づいた契約のみに使用すること、己のために使用せぬことを誓います。承継式の場では次期宗主となる者が指名されることが常ですから、後継者も同様の誓いを。美樹様はその誓約をしていらっしゃらない。もちろん、無理からぬことでしたが」

樹里はあまりにも若くして宗主になったので、承継式の時、美樹はまだ乳児だったのだ。母に抱かれ形ばかりお披露目されたものの、誓約などできるわけもない。

「たかが言葉ひとつとお思いですか？　我が一族のように心による力を持つ者にとって、言葉にした誓いは言霊《ことだま》となります。誓約は重く、それを破れば能力を失うことになるでしょう。それほどに重い誓約です。美樹様には、せめて誓約だけでもと」

「それほど重い判断ならば、むしろもっと時間をかけるべきでは？」

「傍らにいるのが尚也様でなければ、私もこうまで焦りはしません。尚也様は確かにアシュリー・グレンの再来と言われる強い力をお持ちです。ですが後継者としてお育ちになったわけではない。尚也様の知識は引き継がれたものではなく、彼が独自に調べ解釈した、多分に偏ったものです。そのような方が美樹様の後見人として相応しいでしょうか？　美樹様には村に戻り、きちんと教育を受けた上で誓約をしていただきたいのです」

「どうして、私にそんな話を？」

比佐々木の熱意に押されながらも、由紀乃は何とか続けた。

「樹里さんの相談役だったならご存知でしょう？　私と坂井君は一時期疎遠になっていたから、彼が美樹を連れて上京した経緯はよくわからないんです。彼がこれからどうするつもりかも、聞いたことはないし」

「尚也様は美樹様を、普通の子どもにしようとしているのではないでしょうか」

「……特別に大切にされるわけではない、でも責任もしがらみもない、普通の子どもね」

「そんなことは、許されません」

比佐々木は強い口調で言った。由紀乃は首を振った。

「いずれにしても、私には関係ない話だと思います。私は村に帰るつもりもないし、一族とは、もう……」

「力を貸していただけませんか？　現在の尚也様に関する情報を流してくだされば、あなたにとって有益な情報をお渡しできますよ」

比佐々木は思わせぶりに言葉を切った。

「先代が亡くなった事故の真相など」

「確かにそれは私が知りたいことだけど」

由紀乃は立ち上がった。

「コソコソ陰で調べたりせず、本人に聞くことにします」

そうだ。悶々《もんもん》とするくらいなら、尚也に直接聞けば良い。

「既に取りこまれていらっしゃいますね、あの方に」

その言葉に、由紀乃は思わず足を止めた。取りこまれているとは、ずいぶんな言い方だ。

由紀乃に対して失礼なのは、ともかくとして。

「宗主の後見人に対して、そんな言い方はどうかと思いますけど」

「尚也様が後見人に相応しいとは思いません。あの方は既にかつての尚也様ではない。村を離れていたあなたはご存じないでしょう？　事故の後、尚也様は人が変わったようだという声が多く聞かれます」

「あれだけの事故にあったのだから……」

「尚也様のお父上が経営する病院はご存知ですね？」

尚也の父は特別な力を持たず、一族の仕事に関わることはない。医師である彼は県庁所在地にある大病院の経営者として金銭面、人脈面で宗主を支えているのだ。

「そこに極秘裏に入院している人物がいます。どれだけ探りを入れても病室に眠る人物の特定はできませんが、私はそれが尚也様だと思っております」

「じゃあ、今この町にいるのは？　どこをどう見たって、坂井尚也本人でしょう。私はともかく、美樹が偽者を見抜けないはずがない」

「尚也様が巧妙に仕立てあげた身代わりではないかと。美樹様は幼く、経験も知識も足りません。尚也様に太刀打ちできるとは、とても……」

「もうたくさん！」

由紀乃は強く、男の言葉を遮った。

「あなたの言っていることは滅茶苦茶だわ。宗主、宗主と祀り上げている美樹までも軽んじているのよ。これ以上、話をする気はありません」

由紀乃は立ち上がると比佐々木に背を向けた。祖父ほどの年齢の相手に対して失礼な振る舞いかもしれない。だが比佐々木の言葉はとうてい受け入れられるものではなかったのだ。

男は由紀乃を引き止めようとはしなかった。ただ悄然《しょうぜん》とした声だけが由紀乃の背を打ち、心に小さな棘《とげ》を残した。

「力ある者が、誓約に縛られない状態で時計を手にしたらどうなるか。どうか、お考えになってください」


マンションを訪ねると、出迎えてくれた美樹が聞いた。

「由紀乃さん、荷物それだけなんですか?」

由紀乃は通勤バッグとさほど変わらない大きさの旅行鞄を下ろして、靴を脱いだ。

「泊めてもらうと言っても、一週間だけでしょ。洗濯機を借りてもかまわない?」

「それは、もちろん。何でも使ってください。シャンプーなんかも、気にならなければうちのを」

「うん、そのつもりで来たの。スーツの替えは、ちょうどクリーニングに出しているのがあるから」

普段の鞄に入れている物以外で必要なのは下着くらいだ。

「一週間、よろしくね」

「こちらこそ」

由紀乃は今夜から一週間、美樹と同居するのだ。


珍しくも心底困った顔をした尚也に頼みこまれたのは三日前のことだ。曰《いわ》く、次の保険の契約者は十二歳の少女だが、彼女は一週間という長期の時間を持っている。

「星羅《せいら》ちゃんには君も会っただろう？　とても良い子だよ。ただ、ご両親に会うことは望んでいない。自分の家に帰るわけにはいかないということだ」

一週間の間、星羅は尚也の家で寝泊まりすることになる。ついては、由紀乃が泊まりがけで少女の面倒を見てやって欲しいというのが、尚也の願いだ。

「それは、ちょっと……」

言葉にはしなかったが、別れた恋人の部屋に泊まるのは気まずいし、初めて会う少女の面倒を一週間見るのも荷が重い。

「特別手当を出すから、なんとか頼むよ。世話が必要なほど小さな子どもじゃないし、食事は外で済ませよう。ほとんどのことは美樹がやる。ただ夜に、子どもだけにしてはおけないだろう？」

「こういう事態は想定していなかったの？」

「村にいた時なら、たとえ親の元に帰りたがらなくても、契約者の子どもを預かる家庭は幾つもあったし、そもそも二十四時間を超える時間を持つ契約者は稀《まれ》だ。とりわけ、子どもは」

「そもそも、子どもと契約するような保険じゃないでしょう」

一週間、一族が取り分ける分を考えれば、もっと長い時間を、彼女は支払ったと言うことだ。まだ幼い少女に、死後に備えて時間を積み立てろと説く必要があったのか？

まして彼女は病《やまい》で亡くなった。契約が、遠くない死を見越してのことならば、それは本人にとって余命宣告に等しいのではないか？

契約を交わした瞬間、星羅は保険についての記憶を失い、解約することもできない。一日のうちでは数分のことかもしれないが、彼女はかけがえのない生を削りとっていったのだ。

「星羅ちゃんと契約したのは樹里だ」

尚也はつぶやいた。

「そのすぐ後に樹里は亡くなったから、彼女の真意はわからないけれど……」

「ごめんなさい、あなたを責めているわけじゃない」

由紀乃は深呼吸をした。

「ただ、気持ちがついていかなくて」

面談で会った星羅には、生前の病を思わせるところはなかった。華奢《きゃしゃ》な体つきや、陽に当たったことがないような白い肌ではあったけれど、表情は明るく穏やかだった。苦しみからも痛みからも、彼女は自由になったのだ。

それでも、早すぎる。

「星羅ちゃんがやりたいことを色々あげただろう?」

面談の席で、星羅は一週間にやりたいことを、あれこれ楽しそうにしゃべった。水族館でペンギンに餌をあげたい。プラネタリウムを見たい。七五三で着られなかった桃色の着物を着たい。クッキーを焼いてみたい。

一つ一つは些細《ささい》なことで、でもずっと病室に閉じ込められていた彼女にはかなわなかったこと。

「全部は無理だけど、彼女の望みをかなえてあげたいと思うよ」

由紀乃はため息をついた。

「スケジュールを立てないとね」

由紀乃は鞄をとりあえずリビングルームに置いた。

初めて足を踏み入れる尚也と美樹の住まいは、驚くほどすっきり片付いていた。家具もファブリックも白と青を基調とした落ち着いた物で、多忙な三十代男性とその姪が暮らしている部屋にしては、生活感がなさすぎる。

「綺麗にしているのね。うちより、片付いているわ」

「いつもはもっと散らかっています」

美樹が笑った。

「昨日、二人で慌てて掃除したの」

「坂井君は？」

「さっきレンタルのおふとんが届いたから部屋の準備中。でも、由紀乃さん、本当に私の部屋で良いんですか？　ベッドが小さいかも」

「平気よ。それより、美樹は大丈夫？」

「何が？」

「星羅ちゃんと同じ部屋で」

尚也と美樹が暮らす家は２ＬＤＫの間取りで、広いリビングルームと二つの寝室がある。

由紀乃と契約者の少女が泊まる間、尚也は事務所の仮眠室で寝泊まりすることになっており、彼の寝室を美樹と星羅が使い、美樹の寝室を由紀乃が借りるのだ。

これまで同世代の友人がいなかった美樹にとって、星羅と一週間も同じ部屋で寝起きすることはハードルが高いのではないかと案じたのだが、彼女は明るく笑った。

「凄く、嬉しい。星羅ちゃんと一緒にやりたいことが沢山あるの」

確かに面談で会った時も、二人は楽しそうに話していた。

「病院でね、消灯時間を過ぎても四人部屋の子は、ずっとおしゃべりしていたんだって。見回りの看護師さんに怒られても、へっちゃらで。星羅ちゃんは個室だったから、一人で淋しかったって。だから毛布をかぶって朝までおしゃべりするんですよ」

「はいはい、私は止めないけど、次の日に響かないようにね」

「星羅ちゃんは、眠る必要ないと思う。本当は」

「……そうなの？」

「うん。食べる必要も、飲む必要もない。ただ、そうしたければ、できるだけ」

「中西さん、経費の精算を……何をしているんですか？」

由紀乃がデスクに積み上げたガイドブックと、プリントアウトした用紙の束に、槇村が目を丸くした。

「スケジュール管理」

「ああ、あの子の」

槇村はカフェスペースで美樹と顔をくっつけるようにして、中学生向けのファッション雑誌を読んでいる星羅の方を見た。

「私に見えるのは良いとして、島田先生もあの子を見ましたよね」

契約者が相手に会いたいと願い、相手の中にも契約者に対する認識がある場合のみコミュニケーションが成立する。それが幻影保険で実体化した者たちの原則であり、それ以外の者に、星羅の姿は見えないはずだ。いわゆる霊感と呼ばれるものを持つごく一部の者を除いては。

「星羅ちゃんが願ったから」

「島田先生の方は？」

「それは、美樹の従姉《いとこ》ということで、先生の意識に働きかけたの。詳しくはわからないけれど、美樹にはそういう力もあるみたい」

「先生を騙《だま》しているんですね」

「契約者様の望みなので」

槇村の声に含まれる非難を由紀乃は無視した。

「領収書は置いておいてください、お帰りになるまでに精算しますから」

話を打ち切るつもりだったが、槇村は立ち去らなかった。

「変わった依頼ですよね。特別な体験や行動を望む代わりに、自身を認識してもらうことを望んだ」

「会いたい人はいないと、彼女は言ったの」

星羅に一通りシステムの説明をし、契約書にサインを貰った後、尚也は年が近いということで美樹に聞き取りを任せた。彼は口を挟むことなく少女たちのやりとりを見守り、由紀乃はメモを取ることに専念した。

「何かやりたいことはありますか？　会いたい人や行きたい場所があれば」

「会いたい人はいない」

美樹の問いかけに、星羅は即答した。

「ええと、相手がびっくりするとか心配していますか？　そういうのは全部、私たちがちゃんとやるから、心配ないですよ」

「いいの」

「……そうですか」

美樹や尚也の仕事は、契約者が悔いなくその時を過ごせるようにサポートすることだ。助言はするが、基本的には個人の選択を重んじる。星羅が、誰かと過ごすことを望まないのであれば、後はどう過ごすかだ。

「やりたいことなら、沢山あるわ。私ね、遊園地に行きたい」

「遊園地ですね」

「うん観覧車に乗ってみたい。ずっと病院だったから、行きたい所がいっぱいあるの」

「他には？」

「水族館とプラネタリウムと、大きな本屋さんに行きたい。自転車で湖まで行ってみたいのと、犬とお散歩したいのと、お菓子を焼いてみたいのと、それからプールで思いっきり泳ぎたい。後ね、大学の授業ってのぞいてみたいの」

それから二人の少女がだんだんと砕けた口調になって、あれこれと楽しそうに一週間の計画を話す様に耳を傾けながら、由紀乃は手もとの契約書に目を落とした。

星羅の家族は、母親と義理の父親、そして義理の妹だ。両親は四年前に離婚し、母親が再婚したのは一年半前、二ヶ月前には、星羅の妹にあたる女の子が生まれている。

「お母さんには、新しいお父さんと麻衣子がいるからいいの。私が会いに行ったら、別れる時にまた悲しむでしょう」

だから、会いたい人はいない。

そう言った星羅だが、一週間を美樹や由紀乃、尚也と過ごすにあたって、不自然でない程度に周囲に溶け込むことを望んだ。

目には見えるが風景のように意識に残らないという在り方ではなく、実在する一人の少女として日々を過ごしたいのだ。そこで尚也が考えたのが、美樹の従姉という設定だ。遊びに来た親戚の子どもを家に泊め、あちこち案内すると言うと、島田はあっさりその説明を受け入れた。


「それにしても、これを全部こなすのは無理でしょうね」

由紀乃が書き取ったメモを取り上げて槙村が言った。

「人ならぬ存在とはいえ、瞬間移動ができるわけじゃないでしょう」

「わかっています。優先順位は聞いておいたから、できるだけ効率良く回れるようにスケジュールを組みたいの」

忙しいからメモを返せと手を差し出すと、槙村は少し考えてから口を切った。

「とりあえず、この犬の散歩という希望については、四階の住人にお願いしましょう」

「四階って、教授のこと？」

「ええ、あの人は大型犬を飼っていますね」

「いつの間にお知り合いになったんですか？」

「同じビルのテナントや住人について調査するのは、セキュリティの面から必要と思われたので」

　知らないうちに槙村もご近所づきあいをしているのかという期待は、あっさり裏切られた。

「……そうですか」

「私も幾度か会ったことがありますが、大人しくて賢いレトリヴァーです。夕方五時にアポを取ります。それまで、お菓子作りですね。坂井先生のご自宅にオーブンはありますか？」

「レンジに機能がついていたと思うけど」

「では材料を購入次第、中西さんと美樹さんはクライアントとお菓子作りを。その間に私がスケジュールを組んでおきます。プラネタリウムは池袋で九時から良いプログラムがあったはずです。少し遅い時間になるけれど、この際だから良いでしょう。チケットを取っておきます。あ、領収書は全て坂井先生に回せばいいんですね」

「ええ、でも……」

由紀乃が口を挟む間もなかった。

「明日以降については、レンタカーを手配します。近場を回るにしても、足があった方が良いでしょうから」

「坂井先生は車がお好きではないし、駐車場の確保も大変だから」

「子ども二人連れて色々回るなら、やはり車だと思います。運転は私がしますから、どうしてもということなら坂井先生は別行動でも。美樹さんの従姉という設定になっているなら、島田先生も喜んで協力してくださるでしょう」

「なぜですか？」

由紀乃は槇村の言葉を遮った。

「なぜ力を貸してくださるんですか？　槇村先生の業務とは無関係なのに」

「気まぐれです」

短く言い捨てて、槇村は美樹と星羅に声をかけた。

「二人とも、中西さんと買い物に行って来てください。作りたいお菓子の材料と、坂井先生のご自宅にはない道具類と、必要ならレシピも。五時には犬の散歩に行きますから、段取り良くお願いします」

「はーい」

美樹と星羅は声を合わせて答えると、同時にぴょんと立ち上がった。その様子は仲の良い姉妹のようで、由紀乃は思わず小さく笑った。

「姉妹みたいですね」

胸の中で思っていたことを言われて、由紀乃は槇村に目をやった。彼は思いもかけぬ優しい眼差しで二人を見ていた。

依頼人の女性たちには淡々とふるまい、事務所のボスである島田に対してだけでなく尚也や由紀乃に対しても堅苦しい態度を崩さない槇村が、美樹にだけはそんな眼差しを向ける。相手が子どもであるからではなく、親しみを感じているからこその砕けた口ぶりで話し、美樹にもそれを許している。

業務の合間をぬって、美樹の質問に答えてやり、今もこうして星羅のために骨を折ってくれている。

「妹さんがいらっしゃるんですか？」

何気なく聞くと、槇村の表情が強ばった。

「すみません、立ち入ったことを」

「いえ」

槇村はすぐに平静さを取り戻した。

「妹はいました。ずっと以前に死んでしまったけれど」


由紀乃は作成した請求書を揃えて立ちあがった。カフェスペースでくつろぐ島田の元に持って行く。貴重な休憩時間ということなら邪魔をしてはいけないが、今日は朝から他にやることもない様子で、分厚いミステリーを繙《ひもと》いているのだ。

「先生、確認をお願いします」

各クライアントに対しての弁護士報酬の請求書は、由紀乃が作成した物を担当弁護士が確認した上で、島田が最終確認する。請求書は三名の弁護士ごとにクリアファイルに分けてあった。

「はい」

本を閉じて脇に置いた島田は、本当に見ているのかと思うほどのスピードで請求書に目を通し、確認印を押した。

「これで結構です。送付をお願いします。それから、こちらの二社の顧問契約は来月から槙村君の担当になりますので」

島田は二枚の請求書に付箋をつけて由紀乃に返した。

「かしこまりました」

どちらの会社も、月に三時間までの法律相談と契約書類等のチェックが業務内容となっているが、実際にはその仕事もほとんどない。安心料として弁護士と顧問契約を結ぶ企業は少なくないが、そうした場合、島田の名前にブランド価値を求めているものだ。

まだ若い槇村に替わることで先方は納得しているのか。

「中西君の言いたいことはわかりますが、心配ありませんよ」

出すぎたことと思い口には出さなかったが、由紀乃の表情を見て島田は笑った。

「二社とも、代替わりしたところなのです。これを機会に若返りをはかって、あちらもうちも、老人は若者のバックアップに回ろうということです。槇村君は優秀な弁護士です。任せても大丈夫でしょう」

「申し訳ありません。槇村先生を軽んじるつもりは……」

「わかっていますよ」

島田はうなずいた。

「彼はまだ入社したばかりですしね、ただ坂井君にこれ以上仕事をふるのも申し訳ないと思いまして」

「島田先生は、このところ新規の案件をお取りになっていませんね」

ここ半年、事務所に持ち込まれる相談は、ほとんど尚也が扱っていた。最初の面談は島田が行うこともあるが、それも尚也に引き継がれるか、あるいは知人の弁護士を紹介して終わってしまう。

その上、これまで担当してきたクライアントまで、尚也と槙村にふりわけ始めているのだ。

「ええ。今後も順次、私の担当は坂井君と槙村君に渡していくつもりです。そうは言っても、お互い長い付き合いで手離せないクライアントもいるでしょうが」

「理由をお伺いしてもよろしいですか？」

「この秋を目途《めど》に、坂井君に事務所を譲ろうと思っています。槙村君を雇ったのはそのためでもあります。二人の態勢が上手く回るようになったら、私は引退するつもりです。もう七十を越えましたし、これからは若い人の時代です」

「……先生は、まだまだお元気ですし、事務所にいてくださらないと」

由紀乃は、それだけ言うのが精一杯だった。

普段の働きぶりから見ても、島田が引退を考えていることは感じていた。長く第一線で活躍してきた彼は、経済的な意味ではいつ仕事を辞めても困らないだろうし、実はこのビルのオーナーでもあるのだ。

いつかはと、覚悟はしていた。けれど、具体的な時期を区切られると、気持ちがざわめく。まだ早すぎる。

尚也のことは信頼しているし、槇村も優秀な弁護士だ。でも二人の弁護士と由紀乃だけでやっていくことができるのか？

「そんな、心細そうな顔をしないでください」

島田が思わずという風に笑った。

「皆を放り出すようなことはしませんよ。坂井君が所長となった後も、口うるさい隠居として顔を出そうと思っています。ああ、これは中西君と私の秘密ということで」

「坂井先生は、ご存知なんですか？」

「知っていますよ。具体的な時期はまだ話していませんが、元から坂井君のことは、そういう条件で雇ったんです。坂井君には、彼が所長になる日のことを考えて、スタッフを集めるように話してありました。ところが中西君を連れて来たきりで、弁護士を採用しようとしなかった。事務所は畳んで一人で働くつもりなら、それでも良いと思っていましたが、ようやく槇村君を連れてきましたね」

「坂井先生からは、就職先が見つからず困っていた時に、声をかけていただいたと聞いています。お二人は特に知り合いというわけでもなかったんですよね？」

「そうですね。中西君には話しておきましょうか」

島田はデスクから立ちあがった。

「今日は私たち以外出払っているのでしたね」

「はい。坂井先生と美樹は星羅ちゃんと外出で、槇村先生は新横浜のクライアント先へ」

「では、我々も少しのんびりしましょうか。たまには外でランチでも」

「事務所が空っぽになってしまいます」

「電話は転送すれば良いでしょう。坂井君は鍵を持っているので問題ありません」

島田に促され、由紀乃は電話の転送設定をし、更衣室にコートを取りに行った。島田と二人で外出することはめったになかった。

「御苑《ぎょえん》の方に、行きつけのコーヒー専門店があって、昼はランチもやっています。この時間なら、さほど混んでいないと思うので、そこに行きましょうか？」


「素敵なお店ですね」

食後のコーヒーを飲みながら、由紀乃は改めて店内を見回した。広い店ではないが、アンティークの家具を揃えた落ち着いた雰囲気で、静かにクラシックが流れている。由紀乃と島田が来店したのは午後一時を過ぎていたので、ランチタイムの混雑も一段落し、待つこともなくテーブルに案内された。

普段よりゆっくりした食事を終える頃には、客は数えるほどで、それぞれコーヒーを片手に思い思いの時間を過ごしている。

「くつろげるでしょう？　忙《せわ》しない町で、なかなか残っていませんよ、こういった店は」

「これから、先生が行方不明の時は、このお店を覗きに来ることにします」

「おやおや」

何か話があるようなことを言って由紀乃を連れ出したくせに、島田はランチを終えるまで世間話しかしなかった。

「ここのマスターとは、お互い学生だった頃からの知り合いなのです。彼は出身大学で教授職についていましたが、定年後に、この店を開きました」

カウンターの向こうでは、マスターが鼻歌を歌いながら豆を炒っていた。セーターにエプロンという格好の為か、島田よりも若く見えた。

「最初のうちは閑古鳥が鳴いていましてね、私は毎日のように通っては売上に貢献したものです。その代わりに、彼にはずいぶんと仕事の愚痴《ぐち》を聞いてもらいました。もちろん、守秘義務がありますから具体的な内容は話せません。それでも、聞いてくれる相手がいると思うだけで、救われたものです」

「先生が愚痴を零すなんて、想像つきません」

事務所で見る島田は常に穏やかな笑顔で、彼が負の感情を露にするところを由紀乃は見たことがなかった。タチの悪いクライアントを相手にすることがあっても、担当する案件が拗《こじ》れ、時に身の危険を感じるような事態に陥っても、島田は常に飄々《ひょうひょう》としている。

「若い頃には、色々ありましたから」

島田は微笑んだ。

「うちの事務所は無駄に広いと、中西君も思うでしょう？」

「それは……」

「以前は十名以上の弁護士が所属していました。主に企業間紛争を請け負う、業界ではそれなりに名の通った弁護士法人でした。私と部下たちは『無敗の島田』と呼ばれるほどの成果を挙げていたものです。クライアントのために勝つことが全てだと思っていました。心を殺すように、がむしゃらに働き……そしてある日、躓《つまず》いた」

そこで島田は言葉を切り、マスターに合図をした。静かにやって来たマスターがコーヒーのお代わりを島田のカップに注いで行く。

あなたは？　と問われて、由紀乃は首を振った。マスターがカウンターに戻ると、島田は話を続けた。

「冷静に考えれば、一つの負けに過ぎなかったのです。勝ち負けという表現も、間違ったものですね。当時は、そんなこともわかりませんでした。私だけでなく、部下たちもまた、心をすり減らしていたのです。駱駝《らくだ》の背は最後の藁一本で折れる、と言いますね。私は、折れてしまった。あの頃、私には味方も、敵も多くいました。けれど、私は味方の存在に気づくには視野が狭すぎたのでしょう。何もかも捨ててしまいました。少なくとも、そのつもりだったのですが……全ては捨て切れなかったのです」

島田はコーヒーを口にした。

「廃業まで考えて社員を解雇したものの、オフィスの備品売却といった具体的な話になると何もやる気力がなくて、一年以上ふらふらしていました。そんな私を心配してくれる友人はチラホラいましたが、私はそのほとんどを無視しました。唯一《ゆいいつ》無視しきれない、この店のマスターが、ある日言ったのです。シングルファーザーで就職先に困っている弁護士がいる。お前のところで雇ってくれないか、と。私は渋々と彼と面接することを了承しました」

「それが、坂井先生だったんですね」

「どうやって断ろうか、頭にあるのはそれだけでした。埃《ほこり》の積もったガランとしたオフィスに彼を呼び出して、もう仕事を続ける気はないのだと断ろうと思ったのです。でも坂井君と会って話をした時、私は彼を採用するつもりになりました」

「どうしてですか？」

「彼が、あまりにも弱々しくて、傷ついていて、ここで見捨てたら帰り道で死んでしまうのではと思ったのです。それではあまりに寝覚めが悪いでしょう？」

島田は微かに笑った。

「私には、目の前の若い男が死ととても近いところにいることが感じられました。彼を唯一繋ぎ止めているものは、姉の忘れ形見だという子どもでした。彼を救わなければならないと、私は思いました。なぜでしょうね。理屈では説明がつきません。でも、あの時は強くそう思ったのです」

「だから、いずれ事務所を継ぐ条件をつけたんですね」

餌にしたわけではない。尚也はむしろ、そんな重荷を負いたくはなかったはずだ。けれど、その枷《かせ》がなければ、彼を留めることはできなかった。島田は、そのことを見抜いていたのだ。

「他にも山のような条件を提示しました。住居の提供や、美樹君を育てる上でのサポート。最後には、何とか彼をうなずかせようと私もムキになっていて……気がついた時には、溺死にしそうだった私と彼と二人して、陸地に這い上がっていたのです。それが四年前のことと」

ハローワークの前で尚也が由紀乃に声をかけたのは、二年前だ。事務所が再起動するまで、島田と尚也が出会ってからさらに二年近くが必要だったのだ。

「美樹君の存在は大きかったですね」

島田は目を細めた。

「坂井君が、どれほどグズグズしていようと、子どもは待ったなしですから。面倒を見なければ死んでしまう。愛情を与えてやらねばならない。あの子がいて、坂井君は救われました。もう心配ないでしょう」

「本当ですか？　坂井先生は本当に、もう大丈夫なんですか？」

由紀乃は思わず縋るように聞いた。島田はうなずいた。

「彼は立ち直った。そして今、別の誰かを救おうとしているのです。だから中西君も、もっと肩の力を抜いても良いんですよ」

裁判所に立ち寄るという島田と別れて、由紀乃は一人事務所に戻った。尚也は美樹と星羅を連れて出かけており、槇村は恐らく直帰だ。一人きりでいると、ことさら事務所の広さが感じられた。

パソコンの前に座ったものの、仕事はなかなか捗《はかど》らなかった。普段はしないようなケアレスミスをしてしまう。ダラダラと無駄な時間を過ごしたあげく、諦めて立ち上がった由紀乃は尚也のオフィスに足を向けた。

鍵がかかっていると思ったのに、呆気《あっけ》なく扉が開いてしまう。

由紀乃は部屋の片隅にある金庫に手を触れた。そこに収められているのは、弁護士業務上の重要書類ではなく、彼の個人的な仕事である保険に関する品物だ。

金庫は暗証番号式のキーになっていて、由紀乃は尚也から番号を知らされていた。

「私も美樹も、君を仲間だと思っている」

それでも今まで一度も、尚也が不在の時に金庫を開けたことはなかった。

暗証番号を合わせ扉を開く。幾度も、そこから書類を取り出したから、どこに何があるかはわかっていた。金庫内には、さらに開錠が必要な引き出しがあって、より重要な物はそこに収めるようになっている。こちらの鍵を持つのは尚也だけだ。

由紀乃は引き出しには手を触れず、一冊のファイルを金庫から取り出した。幻影保険に関する帳簿だ。積み立てられた時間と支払われた時間、一族が取り分として得た時間が記されている。契約書がなくとも、これを追えば見えて来るものがある。

島田との会話の中で、由紀乃は思い出したことがあったのだ。事務所を尚也に譲ることを考えた島田が少しずつ自身の業務を整理しているように、幻影保険を止めるという言葉が本気ならば……。

「やっぱり」

帳簿をめくってすぐに、由紀乃はその事実に気づいた。この一年、新しく契約を結んだ者はいない。尚也が最後に契約を結んだ相手は御手洗だった。帳簿には払い出された時間の記載だけが続いていく。

由紀乃はここに来て早い時期に、尚也から幻影保険について聞き、そのサポートを頼まれた。実際の業務を振り返ってみれば、既に契約を済ませていた者が死後に現れ、その望みを叶える手伝いをしたきりだ。

「仕事を畳もうと思う」

唐突に切り出された言葉だが、尚也は一年以上も前から準備をしていたのだ。美樹には、決定ではなく相談だと言ったくせに、彼の心ははっきりと決まっているのだ。

新規の契約をせず、今いる顧客にだけ対応していく。

美樹や、まして由紀乃に口を挟める段階ではない。

パラパラとページをめくっていくうちに、由紀乃は手を止めた。

「……この数字」

先日、送り出した御手洗に関する記述だ。御手洗に説明する際に尚也が口にしたものと、帳簿の記載にわずかなズレがある。あの時、尚也は帳簿を見ることなくスラスラと計算していたから、由紀乃も確認はしなかったのだ。御手洗本人にいたっては、自身が預け入れた正確な時間すら覚えているようではなかった。

尚也が計算をミスしたのか、それとも由紀乃自身の認識が間違っているのか。他の事例も確認しなければならない。

尚也のように暗算に自信はなかったから由紀乃は電卓を探した。自分のデスクなら、いつでも手にすることができる所に置いてあるのに、簡単な計算なら暗算で、複雑な数式はパソコンで行う尚也は、普段から電卓を使う習慣がないようだった。

電卓だけでなく、メモ帳やペン立てすらデスクの上には出ていない。全て卓上レターケースの中に収められている。

そんなに几帳面に全てを片付ける人だったろうか？

半透明の引き出しから中味のあたりをつけて、由紀乃はレターケースの一番下の引き出しを開けた。するとそこには、数本のペンと古びた封筒が入っていた。封筒はすっかり色褪せて、幾度も開いたのか端が擦り切れている。

由紀乃はそっと封筒を手にしてみた。切手は貼られておらず住所も宛名も書いていないから、投函された物ではない。裏を返してみると青いインクで名が綴られている。

「セアラ……」

アシュリーの母だ。怨霊となって銀の懐中時計に憑き、長くさまよっていた人。すると、これは百五十年以上昔に書かれた手紙なのだ。

セアラが誰に宛てた手紙で、中に何が書いてあるのだろう。

思わず封を開けかけた時、オフィスのノブが回る音がした。由紀乃は慌てて、手にした封筒を引き出しに戻した。


「まだ帰っていなかったのか？」

由紀乃がレターケースの引き出しをしめるのと、尚也がオフィスに入ってきたのは同時だった。いつものスーツ姿ではなく、ダウンコートとジーンズという格好をしている。

「もうそんな時間？」

壁の時計を見上げると午後七時を回っている。

「顔色が悪い。具合でも？」

「少し頭が痛いだけ。風邪気味かも」

「体調が悪いなら早く上がれば良かったのに、待っていてくれたのか？」

「別に、それほどしんどいわけじゃなくて、少しぼーっとしていただけ。それより、美樹と星羅ちゃんは？」

「美樹は、三村君に花を分けてもらっている。星羅ちゃんは、今夜は島田先生の所にお世話になる予定だったろう？　さっき送り届けて来たよ」

「ああ、そうだったわね」

祖父母の家にお泊まりの疑似《ぎじ》体験として、島田夫婦の家に泊めてもらうのだ。アニメ映画のＤＶＤを一緒に見て、島田の愛猫と寝かせてもらうのだと、嬉しそうに言っていた。

「忘れていた。だから島田先生、今日はずっと予定を入れていらっしゃらなかったんだ」

「やはり、いつもの調子じゃないな。早く休んだ方が……」

「聞きたいことがあるの」

由紀乃は金庫から持ち出した帳簿をデスクに置いた。

「勝手に見て、ごめんなさい」

「それは全くかまわないが、聞きたいこととは？　どこか不備でも？」

計算が違うのではないか、という疑問については、きちんと計算し直してから聞くことにして、由紀乃はもっと大きな件から切り出した。

「もうずっと、新規の契約をしていないけれど」

尚也は軽くうなずいた。

「それは、幻影保険を止めるために？」

「ああ。これからは、今いる契約者だけを取り扱っていく。最後の一人を送るまでは、必ず責任を持つが、保険業務が今より大きくなることはない」

「一年以上前から、心を決めていたってこと？　なぜ、私たちに話してくれなかったの？」

「美樹に選んで欲しいからだ。一年前では幼すぎた。でも今ならば、選ぶことができるだろう」

「まだ子どもよ」

「何も、ゼロか百の答を出せというわけじゃない。理想は、美樹が成人するまでは私が預かり活動を休止する形で一族の了承を取りたい。業務を美樹に返す時、彼女が存続を望むのならばそうすれば良い」

由紀乃は無意識に帳簿の表紙をなぞった。本当に聞きたいことは、幻影保険を今後どうするかではなく、なぜ尚也が手を引こうとしているかだ。

けれど由紀乃は部外者で、そのことを問いかける資格を持たない。

「なぜ、保険を止めたいの？」

聞いたのは美樹だった。どこから話を聞いていたのか、三村にわけてもらった薔薇を抱えた美樹が、そこに立っていた。

「私に選べと言うのなら、教えて。尚也君はなんで、止めたいの？」

ごまかさないで、本当に思っていることを教えて欲しい。

強い気持ちを込めた問いかけに、尚也は静かに答えた。

「幻影保険は間違っているかもしれないと、思ったからだ」

「間違っている？」

「生きている時に伝えられなかったから、未練があるから、だから幽霊となって想いを伝える。それは救いかもしれない。けれど、幽霊になって伝えれば良いからと、大切な言葉を惜しむようになるのではないかと、思うようになった」

感謝や愛情や信頼を、怒りや憎しみや悲しみを。伝えるべき時に伝えることをせず、想いを流してしまうのではないかと。

「姉さんたち、つまり君の両親は、幻影保険を自分たちにはかけていなかった」

「……うん」

一族の長として、幻影保険の管理をしながら、美樹の両親が現れることはなかった。

言葉には出さなかったけれど、美樹がずっと待っていたことを、由紀乃は知っている。

両親が亡くなった時、まだ幼かった美樹は保険の存在は知っていたものの、細かいシステムは知らなかった。

美樹は触媒のような、増幅器のような存在で、幻影たちを支える存在だけど、はじめのうちは自身の役割の持つ意味も知らなかったはずだ。彼女は尚也の道具に過ぎなかった。少しずつ仕事の内容を理解するようになって、美樹は思ったはずだ。さよならも言わずにいなくなってしまった両親が、きっと戻ってくると。

けれど彼らは現れなかった。

そして、契約書類のファイルを手にするようになった美樹は知る。両親が、自分たちには保険をかけていなかったことを。

その理由を由紀乃は知っている。樹里は幻影時計を己のために使うことはできなかったのだ。承継式で誓約をし、言霊に縛られたがために。

由紀乃は息をつめるようにして尚也を見た。一族の男、比佐々木と会ったことを、尚也には告げていなかった。比佐々木の言葉に心が揺れたのは事実だ。

尚也は美樹に何を告げるだろう。幻影時計の禁忌《きんき》を説き、村に戻るよう伝えるのか、それとも。

「樹里は私によく言っていた。今この時が全てなのだと」

尚也は静かに言った。それは確かに、彼女らしい言葉だ。

「常に自分に問えと樹里は言った。ベストを尽くしたか？　人に対して誠実であろうとしたか？」

今を懸命に生きるから幻影となる必要はない。樹里は確かにそういう人だった。けれど彼女は幻影保険に入らないことを選んだのではなく、入ることができなかったのだ。尚也はその事実を知らない。比佐々木の言葉は事実だったのだ。

尚也様の知識は引き継がれたものではなく、彼が独自に調べ解釈した、多分に偏ったものです。比佐々木は、そう言った。

だがそれならば、限られた者にしか伝えられない知識は、いずれは曲解され、途絶えてしまうのではないか。明確な約款もなく、信頼と誠意の上に成り立つという幻影保険は、遠からず限界を迎える。

由紀乃は帳簿をめくった。そこに記録が残る人たちのほとんどは、彼女の知らない相手だ。一人の人間が亡くなれば、その数倍の、時に数十倍の人が残される。

「槇村君のように、彼らを見ることができる人はしばしばいるけれど、その力になることができるのは限られた者だけ。一族の持つ力には、意味があるのだと思う」

そこで言葉を切り、尚也は静かな声で続けた。

「そう思っていた」

「……今は違うの？」

美樹の問いかけに、尚也は答えなかった。由紀乃の手から帳簿を取り上げると、そっと閉じた表紙に手を置いた。大切な何かを封印する、儀式のように。

ひどく静かだと、由紀乃は思った。通りを行きかう車や人の話し声が、どこかとても遠く聞こえる。何かが張りつめていて、ほんの少しでも動いたら、大きな波が生まれて世界を飲み込んでしまうような気がした。

「ねえ！　今は違うの？」

沈黙に耐え切れなくなったのか、美樹が叫ぶように聞いた。

「私たちの力は、意味がないものなの？　間違った、悪いものなの？」

「善いか悪いかが問題なのではないんだ。美樹、今の君には、その力を使うよりもっと大切なものがある。いつまでも、この生活を続けているわけにはいかないだろう」

「何がいけないの？　一族の仕事は、ほんのちょっぴりじゃない。学校だって行っているし、事務所のお手伝いもやってるし……」

尚也は柔らかな仕草で手をあげて、美樹の言葉を遮った。

「子どもは、たくさんの人と触れあって多くのことを体験して、広くものを見なくちゃならない」

「たくさんの人と会ってる」

「みんな大人だろう。もっと同じ年の仲間と触れあわなくては。いっしょに遊んだり、喧嘩をしたり」

「でも……」

「学校を休ませすぎだと、担任から電話があった。私には姪に教育を受けさせる義務があるのだと。もっともだな。星羅ちゃんの案件を最後に、君には仕事を頼まない」

「そんなの横暴！　選ぶのは、私って言ったじゃない」

美樹は思わず声をあげた。

「私が言ったのは、幻影保険を続けるか否かを選ぶのは、その権利を持つ美樹だという意味だ。君が成人するまでは、後見人である私が仕事のやり方を決める。誰が主体となって業務を進め、誰が手伝うか、決めるのは私だ。これまで島田先生に甘えてしまったが、事務所の手伝いも控えた方が良い」

「そんなの……」

美樹が言葉に詰まる。

「いくらなんでも急すぎるでしょう」

見かねて由紀乃は割って入った。

「そんな風に、頭ごなしに話したら、美樹じゃなくたって納得できないわ」

「これは家族の問題だ」

残酷なことを尚也は言った。関係ない君は口を挟むなということだ。

思いもかけない拒絶に由紀乃が言葉をなくすと、尚也は癇癪《かんしゃく》を起こした小さな子どもをなだめるような口調で続けた。

「美樹。ここは、あたたかい繭《まゆ》のような場所だ。安全で、優しい誰も君を傷つけることはない。でも、いつまでも逃げ込んではいられない」

「じゃあ、尚也君は？」

美樹の反撃に、尚也が眉をひそめた。

「尚也君はいつだって、この部屋に来る人としか会おうとしない。買い物に行かないし、友達に会いに行くことだってない。同じマンションに誰が住んでいるかも知らないでしょう。まるで、この町を怖がってるみたい」

美樹が言っていることは本当のことだ。尚也は外出も人と会うことも、極力避けている。依頼人とのやりとりはあるし、交渉で相手方と話し合うこともある。もちろん、裁判所にだって行く。けれど、それは必要最小限で、まっすぐに目的地に行き、まっすぐに帰って来る。

尚也がほとんど事務所を離れないのは、まだ小さい美樹を一人にしないためかと思っていたけれど、美樹ももう小学校の中学年だ。

外の世界を恐れているのは、尚也の方かもしれない。

「だからこそ」

美樹の言葉を尚也は否定しなかった。

「私も美樹も、次の一歩を踏み出さなくては」

いつもそうするように美樹の髪をなぜようと、尚也が手を伸ばした。美樹がその手を払いのけた。

「嫌い！」

「美樹」

「尚也君なんか、嫌い。私のこと迷惑だったら、最初から引きとらなきゃよかったのに」

「美樹、それは違う」

「捨て猫を拾って、飽きたら捨てるのは、残酷だよ」

「どうして、そういう話になるんだ」

「もういい」

「美樹を迷惑と思ったことは断じてない」

尚也の言葉を、美樹はもう聞こうとしなかった。

「おやすみなさい」

押し殺した声でそれだけ言うと、事務所を出て行ってしまった。

追いかけようかと迷ったが、由紀乃は尚也の元に残った。美樹は出て行くと言ったわけではなかったから、部屋に戻っただけだろう。それよりも今は、尚也の方が気になった。


「いったい、どうしちゃったわけ？」

幻影保険を止めるというところまでは納得もできる。だがその後の、美樹に対する態度は全く理解できなかった。

「いきなり今までの生活を否定されて、あの子、泣いていたんじゃないの？」

「私には、保護者としての責任がある」

「今さら？」

由紀乃は思わず笑った。

「あなたが規格外れの保護者だってことは、みんな知ってる」

「ひどいな」

「でも、あなたが美樹を愛していることも知っているから、問題じゃなかった。正直、学校よりも仕事の手伝いを優先させる、あなたの教育方針は疑問だけど」

「だったら、美樹から仕事を取りあげる決定に不満はないだろう」

尚也は穏やかに言った。

「中西君も樹里を知っているだろう？　美樹を、あの子の母親のように特別な子どもにはしたくない」

「いい加減にしてよ」

由紀乃は鋭く言った。

「なんでそんなに、他人《ひと》ごとみたいな顔をしているの？」

「感情的なのは好きじゃない」

「そうでしょうとも」

別れた恋人を平気で職場にスカウトする男だ。由紀乃は「坂井先生」と「坂井君」を必死に切り分けているのに、尚也はまるきり平気な顔だ。

きっと、他人の感情に興味がないのだ。美樹や由紀乃が何を怒り、何に傷ついているのか、彼はきっとわかろうとしていない。

「あなたは、昔からそうだった。何でも一人で決めて、相手のことを考えているふりをしながら、結局は自分の思う通りにするの」

別れた時もそうだった。尚也は、由紀乃を一族に巻き込みたくないからだと言ったけれど、そんなのは彼が勝手に考えたことだ。

「姪も、昔の女も、あなたにとっては、その他大勢に過ぎないのね」

尚也は反論しなかった。ただ吐息をついて、囁くように言う。

「いったい、私にどうしろと？」

「知らないわよ！」

この期《ご》に及んで、人に答を求めて来るのか？

もはや腹立たしさを通り過ぎて空しくなり、由紀乃は立ちあがった。


建物を出た瞬間、吹きつける冷たい風に由紀乃は身をすくめた。ここ一週間は事務所の上にある尚也の部屋に泊まっているから、上着は薄手の物を一枚羽織っているきりだった。

部屋に戻って美樹と顔を合わせるのも気まずくて、町に出て来たものの、今日はことさら寒さが身に染みる。

「今日は冷えるね」

声をかけて来たのは、四階に住む「教授」だ。

「この調子では、雪が降るんじゃないか？」

「こんばんは、教授。カントールのお散歩ですか？」

その人の本名を由紀乃は知らない。マンションの住民名簿には載っているのだろうが、この界隈で「教授」と言えば、レトリヴァーを連れた、この老人と決まっているのだ。

本業は医師だが、本人は若い頃から数学者になることを夢見ていて、今でも自由になる時間の多くを数学の勉強に費やしているのだった。結婚したことはなく、家族は愛犬のカントールだけだ。

「今日も美人ね、カントール」

由紀乃はしゃがみこんで、偉大な数学者の名前をもらったレトリヴァーの背を撫でた。

「先日は散歩に付きあってくれてありがとう」

犬の散歩をしたいという星羅のリクエストで、槇村が手配したのが、このレトリヴァーだった。

「こちらこそ、助かった。美樹君が良ければ、また一緒に遊んでやってくれ」

「きっと喜びます。坂井もよろしくと申しておりました」

「坂井？」

少しだけ不思議そうに眉をひそめた後で、教授はうなずいた。

「……ああ、坂井先生」

まるではじめて名前を知ったというような口ぶりが変だと思ったものの、研究に夢中になっている時の教授は、自分の昼ご飯さえ忘れてしまう人だから、由紀乃はそのことをあまり深く気にしなかった。

これを飲んだら部屋に帰ろう。

事務所の入ったビルからさほど離れていないコーヒーショップで、由紀乃はいつもより甘くしたカフェオレのカップに目を落とした。セットで注文したパスタは、ほとんど減っていなかった。

店内はほぼ満席で一人客が多かったが、隣のテーブルに座る二人は恋人同士のようだった。聞き耳をたてたわけではないが、何やらもめている会話が嫌でも耳に入ってくる。どうやら同棲カップルにおける家事分担が争点らしい。

由紀乃は、尚也と一つ屋根の下で暮らした頃のことを思い出した。

二人で暮らしたのは、由紀乃が卒業してから尚也が故郷で就職を決めるまで、四年に満たない期間だった。

「良い部屋は見つかった？」

ダンボールに荷物を詰めながら尚也が聞いた。

「だいぶ絞れてきたけど、ピンと来なくて。……贅沢に慣れちゃったな」

湿っぽくならないように、由紀乃はできるだけ明るく言った。

二人で暮らしていたのは2LDKのマンションだった。もともとは大学時代から尚也が一人で暮らしていた部屋に、卒業と同時に由紀乃も同居するようになったのだ。社会人になりたての自分には折半しても厳しい額だろうと思いながら賃料を聞くと、尚也は一族が都内に所有する物件の一つを貸与されているから無償だと言ってのけた。

過保護や、親のすねかじりというのとは少し違う。尚也は宗主の弟であり、将来は顧問弁護士として一族を支えることが定められた男だ。その彼に最高の環境を用意するのはいわば先行投資であると、宗主の樹里は言った。アルバイトをする時間があったら、勉学に励めというのが彼女の厳命だった。

卒業したら一緒に暮らすことは学生時代から決めていたものの、由紀乃は自分までが、尚也のおこぼれにあずかることに抵抗があった。だが妙なところで神経が太く合理的な尚也に押し切られたのだ。

「もともと一部屋余っていたんだから、由紀乃からお金を取ったら僕が樹里に怒られる」

「反対されなかった？」

一族の所有物件に由紀乃を住まわせることについてではなく、二人が同棲することをだ。

由紀乃は社会人だが、尚也は学生であり、半人前の身で同棲など許さないと言われてもおかしくない。

そもそも二人が育ったのは、結婚前の男女が共に暮らすことに眉を顰《ひそ》める者も珍しくない、保守的な土地柄だ。

「まあ、早く籍を入れろとは言われたけれどね。うちの家族は、僕たちが結婚するのが当然と思ってる。由紀乃のお母さんも、そうだろう」

「……それは、そうだけど」

「ちょっと先走りすぎるきらいはあるけれど、反対されるよりずっと良い」

結局、賃料については尚也の家に甘え、由紀乃が水道光熱費と食費を負担することで話はついたのだ。

二人の暮らしは穏やかで、喧嘩もほとんどしなかった。就職したての由紀乃は日々の仕事をこなすことで精一杯だったし、法科大学院に通う尚也は由紀乃以上に多忙だった。朝は由紀乃の方が早く家を出るし、帰りは尚也が遅かった。

夕食のテーブルで向かい合っても、互いに疲れ果てて会話が弾まない。尚也は家でも遅くまで勉強していたこともあって寝室は別だったから、平日は触れあうこともなく、淋しくなかったといえば嘘だ。それでも、互いが帰って来る部屋はここだと思うことは、由紀乃の心を暖かくした。

法科大学院を卒業後し、順当に司法試験に合格した尚也は司法修習で、ますます多忙になったが、その頃には由紀乃もだいぶ仕事に慣れて、尚也をサポートする余裕があった。家事のほとんどを自分がやることにも不満はなかった。

恋人同士と言うよりも夫婦のようで、華やかな出来事や事件、ときめきはなくとも、互いがそこにいることが当たり前の自然な空気があった。

だから尚也がUターン就職を決めた時も、由紀乃は何も気づかなかったのだ。

院生時代から尚也は、就職は故郷でと口にしていた。やがては一族の顧問弁護士となる彼には当然の選択だ。

しばらくは遠距離恋愛をして、尚也が足もとを固めた頃、由紀乃が彼の元に行く。二人の間で、それは疑いようもない未来設計だったし、双方の家族も、ほぼそのつもりでいたはずだ。

いつの間にか、尚也の心だけが変わっていたことに、由紀乃は少しも気づかなかった。

尚也から別れを切り出されるまでは。

「僕は、あの村に帰る。だから、別れよう」

「何が『だから』なの？　それは何度も話しあったじゃない」

なぜ、尚也が急にそんなことを言い出したのか、由紀乃はわからなかった。

「樹里さんに反対されたの？　もっと相応しい相手がいるって、一族の誰かに言われたの？」

正月と盆には帰省を続けていた。いつ訪れても、尚也の姉は歓迎してくれたけれど、一族の中には、由紀乃が尚也の相手として相応しくないと囁く声もあった。由紀乃の母が、かつて本家の息子の求婚を断って村を出奔《しゅっぽん》したからだ。

「それとも、他に好きな人ができた？」

尚也は首を振った。

「僕のために、君の人生を捨てることはない。一族の運命に君を巻き込むことはできない」

「そんなこと……」

反論しかけて、由紀乃は言葉を呑みこんだ。尚也の心は閉じている。彼はもう由紀乃と別れることを決めているのだ。

愛が消えたのだと思いたくはないけれど、人生を共に歩む相手として由紀乃を求めてはいない。それが、一族の負う大きすぎる運命から彼女を遠ざけるためであっても。

尚也は優しい人だ。優しくて弱く、残酷な人なのだ。

「わかった」

由紀乃は言った。

「すぐに引越し先を探すから」

「君が構わないなら、この部屋にこのまま……」

「止めてよ」

由紀乃は強く、尚也の言葉を遮った。

「あなたに、そんなことしてもらう理由がない」


結局、尚也の帰郷までに新しい部屋の契約を終えることができず、由紀乃は二人で暮らした部屋で彼を見送った。

「じゃあ、元気で」

「そっちもね、体に気をつけて」

気の利いた言葉も思いつかず、最後の荷物と共に出て行く尚也を送り出す時も、なんとか笑顔を浮かべることができた。自身の引越しの手配をして、不要な家電を処分して、ガランとした部屋で一人になった時、由紀乃ははじめて泣いたのだ。

それきり、由紀乃が尚也と連絡を取りあうことはなかった。

母や友人を通して彼の近況は伝わって来たが、由紀乃は耳にした端から忘れるように努力した。尚也は少しずつ、遠い人になっていった。もしも四年前、あの事故がなかったら、きっと他人でいられただろうに。

「樹里さんが亡くなった？」

事故の知らせが届いたのは、凍るような雨が降る冬の夜だった。

「本家は大騒ぎよ」

電話の向こうで母がため息をついた。

樹里はまだ若く、その死はあまりにも突然だったから、彼女亡き後のことなど、誰も考えていなかったのだ。

樹里が残した娘が後を継ぐのが道理だろうが、いかにも幼い。彼女が成長するまで、先代の宗主であった樹里の母に再びその任についてもらうか。樹里の弟である尚也が宗主となるべきか。いや、それならば養子に出たとはいえ、ずっと村にいた樹里の伯父の方が。

「ああいうところ、田舎は本当に嫌ね。人が亡くなっているのに」

「そうね」

尚也が由紀乃の手を離した理由は、きっとそうした部分にあるのだ。

「あんた、お葬式に来る？」

母の言葉に由紀乃は気を取り直した。

「御香典とお花を送る。喪主は尚也？」

「尚也さんは入院しているから、喪主は……」

「入院？」

「美樹ちゃんと尚也さんも、事故にあった車に同乗していたの」

由紀乃が息を呑むと、母は慌てて続けた。

「意識はまだ戻らないけれど、命に別状はないと聞いたわ。美樹ちゃんは、ほとんど無傷だったし、ああいう事故って、本当にわからないわね」

「……そう」

由紀乃は深呼吸して気持ちを静めた。

「入院先はね……」

「ああ、いい。お見舞いには行かないから」

尚也の元に駆けつけたいという気持ちよりも、駆けつけてどうなるというのかという気持ちの方が強かった。

「だって、あなた。尚也さんよ？　あんなに親しくしていたのに」

「私が行っても何かできるわけじゃないし」

「力づけてあげなさいよ」

「誰を？　尚也は意識がないんでしょう」

「あんたは、本当にドライね」

母親があきれたように低く笑った。

「冷たいって言いたいなら……」

「冷たいというのは少し違うと思うけれど、情がないと言うか、ひとごとみたいねえ」

「意識が戻って話ができるようになったら、行くかも」

適当に話を切り上げようとすると、あからさまなため息が聞こえた。

「あんたは、いつもそう。面倒なことが嫌いで、人とぶつかるのがよほど嫌なのね」

その夜は、母も神経を高ぶらせているようだった。普段なら言わないような言葉で由紀乃をなじった。

「あんたが子どもの頃から、ずっと言われていたわ。由紀乃ちゃんは良い子。賢くて、大人しくて、あんな娘さんがいて羨ましいわって。でも私は……いつも馬鹿にされているって感じていた。だって、あんた、ちっとも子どもらしくなかったんだもの」

ずいぶんひどいことを言われているなあ。由紀乃はぼんやりと母の言葉に耳を傾けていた。母はそれからも散々、愚痴めいた文句を並べて、しまいには泣き出した。

「私のせいなのよね。私があんな形で村を出て、戻ったから」

「ちょっと、止めてよ」

「あんた、ずっと居心地が悪かったわよね、あの村で。何をやっても、本家の息子を馬鹿にした娘の子どもだって目で見られて。優等生になるしかなかったものね。樹里様から目をかけていただいたのに、断ったのも……」

「昔の話でしょ」

由紀乃は母の言葉を遮った。

「親のせいでこうなった、ああなったっていう話、私は嫌いだから」

「でも……」

「そういう話なら、もう切るよ」

「わかったわよ。もうしないから」

「ともかく、尚也の意識が戻ったら時間を作って帰るから」

メールで斎場や諸々を教えてくれるよう母に頼んで、由紀乃は電話を切った。

結局、由紀乃は葬儀にも尚也の見舞いにも行かなかった。

宗主である姉が亡くなった以上、尚也が背負うものはさらに大きくなった。由紀乃が共に背負うことを望んでも、彼はきっと心の内を見せない笑顔でかわすのだ。優しく、礼儀正しく、幼なじみとしての親しみは見せて。

尚也にとって、自分がそれだけの人間であると改めて突きつけられることに、由紀乃は耐えられそうになかった。

尚也が逃げたように、由紀乃もまた逃げたのだ。あの時も、そして今も。

気がつけば、隣の席の恋人たちは姿を消していた。テーブルが空いていたのは短い時間で、すぐに四人組の若い女性たちがやって来た。仕事帰りに同僚とおしゃべりといった風だ。罪のない愚痴や恋バナが繰り広げられる。

明るく暖かい店内で由紀乃は一人、淋しい心を抱えていた。

五　冬の華

「ちょっと、何なの？　この女！」

いきなりオフィスに響いた甲高《かんだか》い声に、由紀乃は思わずキーを叩く手を止めた。

顔をあげると斜め前に座っていた女性が、由紀乃を睨みつけている。谷口寛子《たにぐちひろこ》、尚也が顧問契約を結んでいるホストクラブの経営者だ。由紀乃の母より年上のはずだが、とてもそうは見えない。美しく、艶《あで》やかで、奔放で。

「どうしました？　谷口さん」

尚也が穏やかに聞いた。寛子は気分屋で、些細なことで泣いたり怒ったりする。

「今、鼻で笑ったのよ、この女」

寛子は白い指を由紀乃に突きつけてきた。きつく引かれたアイラインが、憎々しげに歪んでいる。

「私のこと、馬鹿にしている？　毎度毎度、つまらない相談事を持ち込む馬鹿な女って、うんざりしているわけ？」

由紀乃は目を伏せた。言いがかりだと思うが、その気持ちがわずかでもなかったと言えば嘘になる。

客とのトラブル、従業員の労務問題、はては節税の相談まで、寛子は諸々の相談を持って事務所を訪れるが、尚也のアドバイスを真面目《まじめ》に聞こうとはしないのだ。言いたいことだけまくし立てると気が済むのか、後は時間一杯どうでも良いような世間話をして帰って行く。

彼女の目的は法律相談ではなく尚也本人だろうと、由紀乃は以前から思っていた。それでクライアントが満足するのなら良いのだと尚也は言うかもしれないが、彼の時間を無意味に奪われているような気がしてならなかった。

今日も、寛子の話はストーカーじみた客とのトラブルを装いながら、一方的に惚《ほ》れ込まれて迷惑しているという自慢話だったのだ。いいかげんにして欲しい。

いつもなら隠しおおせた気持ちを表情に出してしまったかもしれない。今日の自分が不安定であることを、由紀乃は自覚していた。

諍《いさか》いから一夜明け、こうして尚也と顔を合わせるために波打つ心を必死に抑えているのだ。対して、尚也は微塵も動揺を見せなかった。彼にとっては、あれは口論ですらなかったのかもしれない。

「何とか言いなさいよ！」

寛子が応接テーブルを叩いた。

由紀乃は顔をあげた。それでも、謝罪の言葉は出なかった。

「谷口さん」

尚也が静かに寛子を呼んだ。

「……何よ？」

彼の声があまりに優しかったからか、ふっとこわばりが抜けたように、寛子は由紀乃から視線を外した。

「コーヒーが冷めてしまいましたね。新しいものをお持ちしましょう。お持たせで失礼ですが、レモンパイと紅茶がよろしければ、そちらを」

レモンパイは寛子が「坂井先生の為に」焼いたものだった。尚也がやんわりと断っても、彼女はいつも手作りの菓子を強引に置いていく。尚也がそれを口にしないことは、寛子も薄々わかっているだろうに、それでも。

今日に限り尚也が譲ったことで、寛子は一気に機嫌を良くした。

「ティーロワイヤルをもらえるかしら？」

媚《こ》びるように聞く寛子に、尚也はうなずいた。

「今日は寒いですから、体が温まりますね」

尚也に目で促されて由紀乃は立ち上がり席を外した。


給湯室では所長である島田が洗い物をしていた。珍しく来客が続き、下げたカップ類を後で洗おうと置いてあったのだ。

「すみません。先生、それは私が」

「いえいえ、ちょうど暇にしていたので」

タオルで手を拭きながら島田は、のんびりと笑った。由紀乃はポットの湯を再沸騰させながら、紅茶を入れる準備をした。冷蔵庫から巨大なホール状のレモンパイを取り出す。

「谷口さんと坂井先生にお出しするのですが、先生の分もお切りしますか？」

「では、小さめに。ああ、槇村君から連絡がありましたよ」

常ならば誰より早く出勤する槇村が今日は昼を過ぎても姿を見せず、連絡もつかなかったのだ。こんなことは初めてだったから、一人暮らしの彼が倒れているのではないかと島田が言い出し、様子を見に行こうかと話していたところだった。

「風邪を引いたとのことです」

「インフルエンザですか？」

生真面目《きまじめ》な槇村が病欠の連絡もせずに休むのだから、かなり具合が悪いのだろう。槇村は美樹や星羅と接触しているから、インフルエンザなら注意しておかなくてはならない。

「そうは言っていませんでしたね。ただ、風邪のようだと」

「そうですか」

「疲れが溜まっていたのかもしれませんね」

それから島田は、ひょいと由紀乃の顔をのぞきこんだ。

「中西君も、風邪ぎみですか？」

「いえ、そんなことは」

「今日は少し集中力が欠けているでしょう」

見透かされて由紀乃はうつむいた。ミスにならないまでも、ヒヤリとする場面が幾つもあった。書類の送付先を取り違えそうになって慌ててやり直していた時、島田は気がついていたのかもしれない。

「申し訳ありません」

いえいえと手を振った島田は続けた。

「坂井君も今の打ち合わせが終われば上がりだったと思いますが」

「はい。星羅ちゃんたちと水族館に行く予定です」

昨夜、島田の家に泊めてもらった星羅は、午前中は島田の妻と写真館に行っている。七五三で着られなかった桃色の着物をレンタルして写真を撮るのだ。夕方からは水族館のナイトツアーに参加することになっている。

「では、中西君もお客様にお茶を出したら上がってください。事務所の留守番は私がしますから」

「ですけど……」

「体調の悪い時に無理しては駄目ですよ。今日は雪も降りそうですし、暖かくしてゆっくり休んで、明日からまた元気で頑張ってください」

結局、由紀乃は島田に背を押されるように事務所を後にした。まだ午後三時にもなっていないが、空は鉛色《なまり》の雲で覆われあたりは暗かった。空気は冷たく湿っていて、島田が言った通り雪が降りそうだ。

ひょんなことで時間も空いたことだし、自宅に戻ろうと駅に向かった時、由紀乃は駅前ロータリーで路肩に腰を下ろす人の姿に気がついた。

「……槇村先生？」

確信が持てなかったのは、これまで彼のスーツ姿しか見たことがなかったからだ。黒のスキニーにダウンジャケットという格好をした槇村は、なかなかに新鮮だ。

「ああ、中西さん」

だがそれだけではない。いつもの槇村と、何かが違うのだ。嫌味なほど姿勢が良く無駄のない動きをする彼が、背を丸めるようにして路肩に座り込んでいるだけで普通ではない。

「あの、具合が悪いんですか？」

風邪で病欠と言っていたのだから。

「いいえ、体調はいたって普通です。今日は、単なるサボりですし」

由紀乃の言葉に、槇村は投げやりな口調で答えた。

「所長に言いつけますか？」

「そんなことはしないけど」

「そうですか。じゃあ、これで」

立ちあがった槇村を、由紀乃はとっさに呼び止めた。

「待って」

「何ですか？」

「なんだか、やさぐれているけど、何かあった？」

槇村は、じっと由紀乃の顔を見た。関係ないと言い捨てられて終わりだと思ったのに、小さな苦笑が浮かぶ。

「やさぐれるって……いつの時代の言葉ですか」

「ぴったりだと思って」

「それは、こちらの台詞《せりふ》では？　あなたも相当、やさぐれて見えますよ」

二人ともが、いつもと違う。心が波立っていて、一人きりになりたいような、傍らに誰かの存在が欲しいような、複雑な気分だった。

だから、由紀乃は誘いの言葉を口にしていた。

「飲みに行かない？」

昼だろうと夜だろうと、二十四時間どこかしらで飲むことができるのも、この街ならではだ。槇村は、ほんのわずかな間をおいてうなずいた。

「……飲むよりも、付き合って欲しいところがあります」

そう行ってさっさと駅に向かう槇村に、由紀乃は黙って従った。説明もなく構内を進み改札をくぐる彼について行く。山手線に乗り込み、混みあった車内で何とか立ち位置を見つけた時、槇村が言った
「ＩＣカードは便利ですよね。相手の行き先を知らなくても、とりあえずはついていける」

警戒心のなさを揶揄《やゆ》しているのかと表情を窺うが、槇村に他意はないようだった。

「それで、どこまで行くの？」

「上野です」

「今、何か良い展示やっていた？」

上野と言えば美術館か博物館だろうと思ったが、槇村は首を振った。

「大学の方へ。今、祭をやっているはずです」

「ずいぶん変わった時期にやるのね」

「本来の大学祭は秋ですが、入試も終わった今の時期、学部や学科ごとに好き勝手に祭を開く慣例があるんです。出店が出るわけでもなく、ただ作品を並べたり、製作パフォーマンスをするだけの小さな集まりですが。今日と明日は彫刻科の日です」

「槇村先生がご出身の？」

由紀乃は、ようやく普段の調子を取り戻した。

「いえ、僕は彫金なので、工芸科でした。今日は知人が出ると聞いたのです。それより、勤務時間外ですから、先生は止めてください。それとその、とってつけたような丁寧な口調も。さっきまでの調子はどこに言ったんですか？」

「槇村先生でなく、なんと呼べば？」

「年下なんですから、槇村君でも、いっそ呼び捨てでも」

「そんなに簡単に切り替えられないんだけど」

由紀乃はぼやいた。

「坂井先生のことは簡単に切り替えているじゃないですか。坂井先生と、坂井君。職場モードと、恋人モードでしょう」

「ちょっと……」

何を言い出すのかと思った時に、電車のドアが開き、二人はホームに押し出された。ホームの脇によって人波をやり過ごす。その間に、由紀乃は態勢を整えた。

「私と坂井先生は……」

「恋人なんですよね」

「違います」

「幼なじみで大学も一緒だったとか？　中西さんは坂井先生がスカウトしてきたと、島田先生がおっしゃっていたじゃないですか。ああ、元恋人なんですか」

「……なんでわかったの？」

詰め寄ると、槇村は困ったように小さく笑った。

「見た通りとしか」

「隠しているなら配慮します。と言っても事務所には所長と美樹さんしかいなくて、二人とも気づいていると思いますが。いや、最初から知っているのか」

由紀乃は吐息をついた。

「行きましょう」

これ以上この話を続けて、藪《やぶ》をつつくのはごめんだ。


彫刻棟の入口ではパンフレットとホットコーヒーが配られていた。由紀乃は両方ありがたく受け取ったが、槇村はコーヒーだけを手にした。

「凄いカオスね」

建物に一歩入るなり、由紀乃はつぶやいた。教室だけでなく廊下や階段、壁、天井、あらゆる場所に作品が展示されている。中には作品か、元からの建物備品か、はたまたゴミか区別のつかない物もあり、足もとにある何かは踏んで歩いて良い物かどうかすら不明だ。

「今日はずいぶん、すっきり片付いていますけど」

槇村は慣れているのか、古巣をゆうゆうと歩く。

今日はサボりだと堂々と告げた彼はカジュアルな格好もあいまって、いつもより幼く見えた。学生の中には三十代、四十代の者もいるようで、槙村はすっかり彼らに埋没していた。常にはりつけていた仮面を外したように、表情もよく動く。

けれど彼は、あまり楽しそうではなかった。

目的地が決まっているようで迷いなく足を進めるが、少しずつ表情が強ばっていくようだった。顔色も悪い。風邪で休むという話は、案外本当のことだったのかもしれない。由紀乃がそう思い始めた時、槙村がポツリと言った。

「今日は、妹の命日なんです」

槙村が妹を亡くしたことは知っていた。彼がその妹をとても愛していたことは、美樹や星羅に向けられる眼差しからもわかる。

「生まれた時から体が弱くて、長くは生きられないと思っていたし、十三歳で死んでしまった。でも墓参りに行くのは何だか違う気がして、毎年ここに来るんです。一度だけキャンパスに連れて来てやったことがあって、とても嬉しそうだったから」

ずいぶん年の離れた兄妹だ。若い父親かと友人たちにからかわれながらも、楽しそうに妹を連れて歩く槙村の姿が目に浮かぶようだった。

「今日もここに来て、午後から出社するつもりだったのに、どうしても足を向けられなくて、グズグズしていたんです」

由紀乃たちは、天井の高い講堂のように大きな部屋についた。見あげるほどの彫塑が立ち並び、そのうちの一体では今まさに一人の青年がノミを振るっていた。見守る人の輪ができている。

「パフォーマンスって、こういうこと？」

「彼だけじゃないですよ、ほらあそこにも、こっちにも」

槇村が指さしてみせた。部屋のあちこちに彫刻をする学生の姿があって、周囲を人が囲んでいる。大学の下見に来たような制服姿の少女から、散歩の途中に立ち寄った風の老人、スーツ姿の男まで、訪れる人は雑多だ。

「青田刈りで、作品を買い上げようという人もいますから、けっこうみんな真剣ですよ」

人の背丈を越える大きさの物から、掌《てのひら》に包み込めるほどの小さな物まで、彫り上げられるものは様々だ。槇村は由紀乃を、ひときわ多くの人が集まっている辺りに連れて行った。

「彼がやっているのはソープカービングです。僕と同級生だったんですが、いまだに大学にいる。年数的に満期退学していると思うので厳密に言うと学生ではないんでしょうが、まあ、主《ぬし》みたいな存在ですね」

「ソープカービングって、聞いたことある。今カルチャースクールで大人気だって」

「彼は国際大会で入賞したこともある実力者です。今日は余興でやっているから、リクエスト通りのものを簡単に彫り上げるだけですが、本気の作品を見たら驚きますよ」

何の変哲もないピンクの固形石鹸が、ナイフ一本で見る見るうちに薔薇の花になっていく。

由紀乃は息を呑むようにしてその様を見守った。彫刻と言えば、木や石のような固い物を少しずつ彫り進めて行くイメージがあったから、ソープカービングは、まるで動画を早回ししているようだった。

ただスピーディーなだけでなく、青年の手はこの上もなく優雅だった。

「僕も少しだけやったことがありますが、柔らかいだけに、難しい面もあるんですよ。フルーツよりは彫りやすいでしょうが」

「あれって、普通に売っている石鹸なの？」

「ソープカービング用に作られた物ですね。まあ、普通に使えると思いますけど」

「ちなみに、槙村先生……」

槙村が顔をしかめたので、由紀乃は言い直した。

「槙村君は学生の頃どんな作品を作っていたの？　ああいうのもやった？」

ホール中央でノミを振るう青年に視線を向けると、槙村は首を振った。

「僕が彫金で作ったのは、もっと小さくて細かい物です。材料代も馬鹿にならないですし、性格的に緻密な物に惹かれたので。それに、妹にあれこれ作ってやるためということもありました」

「美樹にあげたキーホルダーみたいな？」

「ええ。つたない作品でも、朱里《あかり》は見舞いの度に持って行く作品を、とても喜んでくれました。家ではあの子だけが僕の理解者だった」

槇村は淋しそうに笑った。

「両親は僕が美大に進むことには反対でした。法曹《ほうそう》界に進むことを望んでいたんです。祖父が遺産を残してくれて何とか進学はできたけれど、実家からは勘当同然でした。二度と戻って来るなと言われても、僕は痛くも痒《かゆ》くもなかったけれど、一つだけ問題がありました」

「妹さんに会えなくなること？」

「いえ。朱里は家よりも病院にいることが多かったので、会いに行くことは難しくなかった。ただ、朱里に頼まれた花があったんです。もとは祖父と朱里が一緒に面倒を見ていた月下美人です。入院する時いつも、朱里は月下美人のことを気にしていて、花が咲いたら写真に撮って教えてくれと言いました。でも祖父が亡くなり、僕も実家には帰るに帰れなくなって、鉢は大きな物だったのでアパートに持ち込むこともできず……あの年、朱里は花を見ることができなかった」

夏の夜の数時間、ひっそりと咲く花。芳香を放つと言われるが、その姿を実際に見ることができる者は少ない。

「朱里は僕を責めませんでした。花は来年も咲くからと、僕を慰めてさえくれました。でも次の年も、そのまた次の年も、僕は月下美人を思い出すことがなかった。さすがに淋しがる朱里に僕は約束しました。次に見舞いに来る時には月下美人の花を持ってきてやると。彫金は時間がかかるからクリスマスプレゼントにするとして、滑石《かっせき》で彫刻した物を。あれはモース硬度1で、色も白が基調なので花を彫るには具合が良かったんです。天然石なので満足いくほど白い物を探すのに少し時間がかかったけれど、良い石が見つかって」

槇村は目を伏せた。

「けれど……僕は間に合いませんでした。夏の終わりに容体が急変して、朱里は死んでしまった。病室で一人ぽっちで……僕を恨んでいたでしょう」

「そんなことはないと思う」

槇村は微かに笑ったが、由紀乃の言葉を少しも信じていないのは明らかだった。

「月下美人は未完成のままで棺に入れました。約束の花を彫ることができなかった僕は、その時から二度と、作品を作ることができなくなりました。以前は溢れるように湧いてきたイメージ、素材を前にすれば、そこに作品の姿が浮かび上がって見えたのに、何も感じられなくなった。僕は大学を辞めて家に戻りました。半年ほどぶらぶらした後で、父の命じるままに法学部に進み、彼が決めた通り、弁護士になりました。以前、あなたと弁護士になる資格について話したことがありますが、僕こそそんな資格のない人間です」

「槇村君」

「僕は朱里の気持ちをわかってやれず、一人であの子を死なせてしまったし……今もそうです。誰の気持ちも知ろうとは思わない。クライアントに寄り添うということがどういうことか、僕にはわかりません」

由紀乃は首を振った。

「人の気持ちがわからない人に、民事訴訟や交渉案件はこなせない。これは、島田先生のお言葉だけど」

「過去の事例から推察すれば良いんです。人の行動も思考もパターンですから、予想は可能です。それは共感することとは違います。以前の事務所では一般企業法務やコンプライアンスが担当で、そちらの方が業務内容としては向いていたのですが、チームで仕事をすることが苦手で躓きました」

槇村は苦く笑った。

「歯車が上手く回らず僕も会社も困っていたところを、坂井先生に拾っていただきました」

「私も拾われた口だけど」

「今、自由にやらせてくださっている島田先生にも感謝していますが、あのタイミングで坂井先生に拾っていただいていなければ、今頃、傷害事件でも起こしていたかもと思います」

槙村は物騒なことを、さらりと口にした。

「毎年、朱里の命日が近づくと精神的に不安定になって、それも年を追うごとにひどくなる」

「そんな風には見えないけれど」

沈み込んではいるものの、槙村から攻撃的なところは感じられなかった。

「今の職場が良い環境だということで話をまとめましょう」


二人が会場を後にしようとした時だ。

「お願いします」

熱気とざわめきの中に、少女の声が響いた。ことさらに大きな声だったわけではない。高く澄んだ、ガラス細工のように繊細な声だ。

ふいに、槙村が身を強ばらせた。少女の声が鋭い矢になって、彼を射抜いたかのように。

槙村は見えない糸に絡《から》め取られるように、ふらふらと歩き出した。

「どうしたの?」

「朱里だ」

それは、槇村の妹の名前だ。十三歳で亡くなったという、彼の大切な妹。

「あの子の声が聞こえた」

「そんなはずは……」

槇村は人混みをかき分けるようにして、ソープカービングをやっている元同級生のスペースに戻った。少女はそこにいて、薔薇やコスモス、カメリアといった花々が、魔法のようにするすると彫り起こされていく様子を熱心に見つめていた。

一つの花を彫りあげた青年は、新しい石鹸に手を伸ばしながら少女に聞いた。

「何を彫ろうか？」

「……月下美人の花を」

「月下美人？　ええと、あれはどんな花だったかな……」

青年が首を傾げながらスマホに手を伸ばす。

「朱里」

槇村は震える声で少女を呼んだ。

「朱里なんだろう？」

ゆっくりと振り返る幻の少女を、由紀乃は見つめた。青いワンピースに、ふわふわした暖かそうな白いカーディガンを羽織った少女は、そこにいながら、少しだけ周囲から浮き上がって見えた。目を離したら見失ってしまいそうな儚《はかな》さと、強い引力のようなものを感じる。

そんな風に感じるのは由紀乃と槇村だけのようで、周囲の者たちは当たり前のような顔をして、新たなリクエストをした少女を見守っている。

「お願いできますか？」

朱里が再び言った。彼女の瞳はまっすぐに槇村を見つめていた。はじめから、それは彫刻刀を操る青年へではなく、槇村に向けられた言葉だったのかもしれない。

由紀乃はその時、少女が手のひらに握りしめている物に気づいた。それはきっと槇村が彫り上げることのなかった約束の花だ。

「月下美人を？」

とても大切なことを確かめるように槇村は、ゆっくりと聞き返した。

「ええ」

「……わかった」

槇村は、自分が大学の卒業生であることを告げ、少しの時間、場所と道具を貸してくれないかと青年に頼んだ。彼は元同級生の顔を覚えてはいないようだったが、ちょうどお腹をすかせていたところだと、喜んで槇村に場所を譲った。

「くれぐれも怪我しないでくださいよ」

そう言って青年は席を立った。先ほどからの人だかりは彼自身についたファンのようで、バラバラと人の輪も崩れて、少女と由紀乃の他その場に残ったのは、一組の初老の夫婦だけだった。

槇村は、青年が置いて行った道具箱を覗いて数本の彫刻刀とデザインナイフを取り出すと、切れ味を確かめて、中の一本を選んだ。彼が白い石鹸の一つを手に取ろうとした時、少女が無言のまま、手にしていた石を置いた。コトリと、想像していたよりも硬く重い音が響く。少女と共に焼かれたはずの未完成の花の欠片《かけら》だ。

槇村はそれに触れることを、わずかにためらった。恐れていたのかもしれない。

やがて、気持ちを落ち着けるように深い呼吸をしてから、槇村は白い石を取りあげた。朱里と約束した月下美人を彫るために。

由紀乃は槇村のことをずっと情緒に欠けた男だと思っていた。花と言えばサクラとヒマワリ、アサガオくらいしか知らないタイプだろうと。けれど、それは違う。彼はきっと由紀乃より沢山の花の名を知り、その形を見つめてきた。

槇村が美樹にあげたキーホルダーは桜の彫金細工で、ペンダントトップにするつもりだったというあの品もまた、朱里のために作られた物だった。

朱里のために幾つもの花を彫った槇村が、未完のまま手離してしまった月下美人。彼の目には今、幻の花の姿が鮮やかに見えているのだ。

槇村はためらいもなく、滑石にデザインナイフの刃をあてた。驚くほど滑らかに、刃は石に沈んだ。まるで手の中にある物が柔らかな石鹸であるかのように。

よどみない動作で、ナイフが動く。槇村は花芯を彫り、それから花弁を彫っていった。薄い花びら一枚一枚を切り出し、立体的に仕上げていく。

いつか、槇村の額《ひたい》には細かな汗が浮かんでいた。今の彼には周囲の何も目に入っていないだろう。いつの間にか再び人が集まりでき上がった輪も、由紀乃も、朱里の存在さえも忘れて、槇村はただ月下美人の花だけを見つめているのだ。

由紀乃はふっと目を細めた。槇村の手の中で、白い石が淡い光を放って見えたのだ。槇村が花弁を一つ彫り上げるたびに、花は輝きを増していく。まるで彼の命を削りとり、花芯が吸い上げていくかのように。

この花を彫り上げたら、槇村は死んでしまう。

ふいに由紀乃の胸に浮かんだ想いは、ぐんぐんと大きくなった。

槇村の妹は、死を司《つかさど》る天使として舞い戻ってきたのだ。槇村を連れて行くつもりなのだ。

叫びだしたいほどの焦燥《しょうそう》にかられながら、少しずつ完成に近づく月下美人を見つめ、由紀乃は動くことができなかった。

どれだけの時間がたったのか。

カラン、という音に由紀乃が目を向けると、槇村が掌から滑り落とすようにナイフを置いたところだった。彼の顔色は悪く、ずいぶん苦しそうだった。

荒い息を弱々しく整えながら、槇村は妹に笑いかけた。疲れきっているのか、笑顔はぎこちなく、泣いているかのように歪んでいた。

「君の月下美人だ。遅くなったけれど、あの夏に、約束したね」

「ありがとう」

右手でそっと、壊れやすいガラス細工であるかのように白い花を取り上げた朱里は、左手を槇村に差し伸べた。無言のまま彼女は誘っているのだ。死の国へ行こうと。静かで、苦しみのない世界へ、二人で行こうと。

槇村がふらりと立ち上がった。

彼が妹の手をとろうとした時、由紀乃はその腕を掴んでいた。

「駄目」

行かせない。彼を死者と共に行かせはしない。

ぼんやりとしたまま立ち尽くす槇村を挟んで、朱里と由紀乃の視線が一瞬だけ交わった。

「帰りなさい」

由紀乃は命じた。

「彼はまだ、行くべき時ではない」

開け放してあった扉から、ゴウと、強い風が吹き込んだのはその時だった。

ガラスが割れる音がして、悲鳴があがる。あちこちで、ガタン、ガタンと何かが倒れる音がした。渦を巻く風には氷の粒が混じっていて、由紀乃は思わず目をつぶった。

パシパシと、小さな音を立てながら、氷交じりの風が頬を叩く。傍らを誰かの気配がすり抜けていった。

「槇村君！」

由紀乃は槇村を捕まえた手に力をこめた。彼を連れて行かせはしない。

突風が通り過ぎた室内は大変なことになっていた。製作途中の彫像は倒れ、ガラスの破片が散らばっている。幸いにも大きな怪我《けが》をした者はいないようだったが、ショックから泣き出してしまう者もいた。

　突風の被害にあったのは彫刻棟の中でも由紀乃たちがいた部屋だけだったようだが、騒ぎに気づいて駆けつけた大学職員によって、イベントの中止が申し渡された。不満の声もあがったが、おおむね大人しく学生たちが後片付けを始める。

「行きましょうか」

　槇村を促し歩き出そうとした時だ。彼の体が、グラリと揺れた。

「槇村君！」

　地面に崩れ落ちる体に手を伸ばしたが、体格差があって支えきることができない。由紀乃もともに転びそうになった。

「大丈夫ですか？」

　抱きとめてくれたのは、隣のスペースで篆刻《てんこく》をしていた学生だ。

「……大丈夫だ」

　槇村はかろうじて、自身の足で踏みとどまった。

「うーん、平気そうじゃないですね。とりあえず、ここ出ましょう」

　親切な学生が上手く歩けない槇村に肩をかして、彫刻棟の外まで連れ出してくれた。中の惨状に反して、建物の外は穏やかだった。今にも雪が降りそうな雲が重く立ち込めているが、風はほとんどなかった。

学生と由紀乃は二人がかりで槇村を支え、ベンチに座らせた。

「救急車って程じゃないですか？　タクシーを呼びましょうか？」

「ありがとう。後は私がついているから」

「そうですか、気をつけて」

学生はなおも心配そうに槇村を見ていたが、誰か手を貸してくれという声がして、そちらに走って行ってしまった。

由紀乃は鞄からスマホを取り出した。自分一人で、槇村の面倒を見るのは無理だ。タクシーで家まで送り届ければ済むとは、とても思えなかった。

誰か、信頼できる人の助けが必要だ。


槇村の住まいは事務所からほど近い雑居ビルにあった。八階建てのビルの一階がコンビニエンスストア、二階がアダルトビデオショップで三階から上がシェアハウスになっている。その七階にある槇村の部屋に、由紀乃と島田は二人がかりで槇村を運び込んだ。槇村は意識はあるものの朦朧《もうろう》としていて、とても一人で歩ける状態ではなかったのだ。

「ありがとうございます、先生。本当に助かりました」

由紀乃が助けを求めたのは島田だった。昨日までの自分なら、迷いなく尚也に電話をしただろうに。由紀乃は苦く笑った。

「いえいえ、お礼を言うのは私の方です。君がいてくれて良かった」

槇村が暮らしているのは二段ベッドが二つある部屋で、住人のうち二人は外出中だった。残る一人は由紀乃たちを見て迷惑そうに鼻を鳴らしたが、特に文句を言うでもなくフラリと出て行った。

島田が槇村が楽な服に着替える手伝いをしてやっている間に、由紀乃は一階にあるコンビニエンスストアに、水と何か食べられる物を買いに行った。調理器具は共有スペースにあると聞いたが、念のため調理の必要のないサンドイッチとカップスープ、おにぎりを籠に入れた。

パック入りのジュースとスポーツドリンク、ミネラルウォーター。すっかり重くなった袋を提げてシェアハウスに戻ると、島田が部屋を見回してため息をついていた。

「それにしても、何にもない部屋ですねえ」

二つある二段ベッドのうち、窓際に置かれているベッドの下段が槇村のスペースだった。一応ベッドカーテンがついていて最低限のプライバシーは保てるようになっているが、音は筒抜けだし、照明は部屋に一つきりしかない。

空調が効いていないのか空気がこもり、生活臭が気になった。

ベッドの下段を使う者はベッド下の収納を使うことができるが、上の段の者は廊下にある有料ロッカーを借りねばならないらしい。その分、下段の方が宿泊料は高い。

「数泊する分には良いかもしれませんが、長期滞在には向きませんね。一月あたりで考えれば、かえって高くつくでしょうに」

ベッド下のわずかなスペースに収まってしまうだけの荷物を持って、槇村はこの部屋に引っ越してきた。それが今日の午後のことだと言われても納得してしまうほど、シェアハウス全体にも、彼のスペースであるベッドの下段にも生活の色はなかった。

事務所で槇村が使っているオフィスの方がよほど、彼がそこにいると感じさせる。いつも使っているカップやペン、電子辞書、ちょっと肌寒い時にはおる上着。電気ポットとドリップコーヒーの箱。

この部屋では槇村は茶の一杯も入れようとしないようだった。廊下に並ぶゴミ入れにはペットボトルや空き缶、カップラーメンの空き容器が山のようになっている。

「決めました、槇村君にはうちに来てもらいましょう」

「どういうことですか?」

まだあまり頭が働いていない様子の槇村を幸いとばかりに、島田はサッサと話を進めた。

「独立した息子の部屋があいていますから、そこに下宿してください。家賃は不要と言いたいところですが、光熱費込みでここの半分でどうでしょう」

「そんなご迷惑は」

「高齢夫婦二人暮らしは何かと不安です。妻は膝を壊していますし、男手《おとこで》があると助かるのですが」

「はあ……」

「じゃ、そういうことで良いですね」

島田はパンと手を叩いた。

「ここは週払いですか？」

「はい、金曜日までに翌週の分を払います」

「それはちょうど良い。今週一杯でこちらは引き払うということでいいですね。引越しの手配は必要なさそうですし。では私は帰って妻に話をしておきましょう。中西君は？」

「もう少し、ここにいます」

「君も、無理をしないように」

そう言いおいて、島田は帰っていった。

「かなわないな、あの人には」

槇村が力なく笑った。

「でも、その方が良いと私も思う」

槇村を一人にしておいては駄目だ。島田が思ったに違いないことを、由紀乃も思った。尚也もそう感じ取ったからこそ、彼を連れてきたのだ。このままでは、槇村は死神に攫《さら》われてしまう。

けれど、いったいどうすれば彼を引き戻すことができるのか、由紀乃にはわからなかった。槇村の場合、仕事を休んで療養するようなことは、逆効果だろう。

「朱里は？」

槇村が聞いた。

「……行ってしまったわ」

由紀乃は正直に答えた。

「そうですか」

槇村の瞳から、ふっと力が失われる。

置いていかれたのだと、今度こそ永遠に妹が自分の元を去ってしまったのだと、彼は知ったのだ。

「どうして？」

掠《かす》れた声が問いかける。どうして死の世界へと自分を連れて行かなかったのかと、朱里に。どうしてこの世界へ自分を引きとめたのかと、由紀乃へ。

どちらの問いかけにも答えることができるわけもなく、由紀乃は窓辺に立った。冬の早い陽はとうに落ちたというのに、外は意外なほど明るく、それはネオンやオフィスビルから漏れる明かりではなかった。もっとひそやかな光だ。

そう言えば、今夜はひどく静かだ。

くもりガラスがはまった窓を少し開けてみて、由紀乃はその理由に気づいた。

「雪」

いつの間にか、雪が降っていたのだ。二月の終わりになって、この冬はじめての雪だ。

「……朱里が連れてきたのかもしれない」

槇村がベッドから身を起こした。

「あの子は、雪が好きだったから」

立ち上がろうとしてふらつく槇村を、由紀乃は急いで支えた。

窓を開け放つと冷気がさあっと入ってきて、由紀乃は身震いをした。それでも、モヤモヤとした不快な空気が払われて、頭がスッキリする。

薄《う》っすらと積もった雪で、窓の外は淡く輝いていた。不思議なぬくもりを感じて、由紀乃は空を見あげた。鉛色に暗く重い夜空からは、光の粒子のような粉雪が、緩やかなリズムにのって舞い降りてくる。

槇村がぎこちない動作で、一ひらの雪を手のひらに受け止めていた。熱を持っているかのように熱い彼の手の上で、不思議なことに雪はすぐには溶けようとはしない。

雪の結晶。自然の創り出した美しい奇跡を見つめていた由紀乃は、目を見張った。

白銀に光る雪の結晶は、槇村が彫った花の形をしていたのだ。槇村もそのことに気づいたのだろう。震える唇が愛しい者の名を紡《つむ》ぐ。

「朱里……」

由紀乃は目を閉じた。幾千、幾万の月下美人の花が、ゆるやかに舞い降りて、地上を覆いつくしてゆく様を思い浮かべる。

槇村が掌に唇を近づけた。手の熱で溶けることがなかった雪の結晶は、彼の唇に触れた瞬間、音もなく溶けて消えていった。

由紀乃も手を伸ばして雪を捕まえた。次々と空から舞い降りてくる雪の花。

朱里の姿が、由紀乃と槇村にとってしか真実でなかったように、この雪片もきっと、多くの人にとってはただの雪でしかない。幻の、ひと時の夢だ。

雪は槇村を抱きしめるように、ゆっくりと降り続く。

生きていって欲しい。そして前を見て、幸福になって欲しい。空の果てから少女のささやきが聞こえてくる。

そんな風な声が欲しいと、由紀乃は思った。

六　新しい朝

ためらいがちなノックの音がして、由紀乃は読んでいた文庫本を枕元に置いた。夜の十一時を回り、そろそろ寝ようとしたところだ。

ベッドを降りると、足もとから冷気が忍び寄ってきた。昼間の雨も、雪に変わったかもしれない。

「どうしたの？」

ドアを開けると、立っているのは星羅だった。美樹と二人で九時前に寝室に引きとってから一時間近く二人の話し声や笑い声が聞こえていたが、それもずいぶん前に途絶えていた。ようやく眠ったかと思ったところだったのだ。

「どうしたの？　眠れない？」

「美樹が……」

星羅は今にも泣き出しそうだった。

「何だか様子がおかしいの。急に起き上がって、どこかに行こうとして」

「そう」

由紀乃は二人の寝室となっている尚也の部屋に急いだ。

美樹はちょうど部屋を出てきたところだった。由紀乃と星羅の姿に気づく様子はない。冷え切ったフローリングを素足で踏みしめて、美樹は二人の傍らを通り過ぎて行った。

「おかあさん」

美樹は居間に向った。そこに誰もいないことを知ると、バスルームをのぞきに行く。

「おとうさん？　どこ？」

それからキッチンへ、玄関先へ、ふらふらと歩きながら、美樹は両親を探しているのだ。

「尚也君……みんな、どこ？」

星羅が不安そうに由紀乃を見た。

「美樹、どうしちゃったの？」

「大丈夫よ、心配しないで」

美樹の様子を見守りながら由紀乃は答えた。美樹が時おり夢を見て、そのままこんな風に歩き回ることがあると、尚也から聞かされていた。カウンセリングを受けたこともあるが、そのうち落ち着くでしょうと言われるばかりだったのだ。

十分ほどで電池が切れたように眠りに落ちるから、それまでの間、外に出て行ってしまわないように見ていて欲しいと、由紀乃は尚也からそれだけを頼まれていた。無理に起こそうとしない方が良いと言うのだ。

「でも、美樹は怖がってる」

星羅の声に、由紀乃は胸をつかれた。確かに両親を求める美樹の声は、少しずつ切迫してきて、不安に揺れている。

彼女がどんな夢の中にいるのかわからないけれど、それは両親と過ごした幸福な日々ではないのだ。姿が見えない両親を、美樹は必死に探している。事故の夢を見ているのかもしれない。

「連れ戻してあげないと駄目」

星羅がまっすぐに由紀乃の目を見た。

「でも……」

由紀乃はためらった。尚也から聞いた医師の言葉に従うべきか、不思議な確信に満ちた星羅の言葉を信じるか。

星羅が、そっと美樹の腕に触れた。びくんと美樹が身をすくめ、由紀乃は息を呑んだ。

「待って……」

けれど星羅は迷わず、美樹の背に手を回し自分より小さなその身を抱き寄せた。

「美樹、目を覚まして」

妹に呼びかけるように、優しい声で星羅は囁いた。

「そこにいてはいけない。戻ってきて」

美樹ははじめ、小さく嫌々しながら星羅の腕の中から抜け出そうとした。星羅は、美樹の体を捕まえたまま、辛抱強くその名を呼んだ。

「美樹。私の声を聞いて」

ふいに、美樹が瞬きをした。

「……星羅ちゃん」

ぼんやりと星羅を見て、それから美樹は由紀乃を見た。

「由紀乃さん、どうしよう……」

その目に見る見るうちに涙が溢れた。

「みんな、いなくなっちゃった。行かないでって言ったのに、お母さんも、お父さんも、尚也君も。私、一人になっちゃったんだ。お母さんは私を抱きしめたまま、死んじゃった」

「一人じゃないわ」

由紀乃は静かに言ってきかせた。

「尚也は、ちゃんと側にいるでしょう？」

美樹は、不思議そうに由紀乃を見つめた。

「尚也君が？」

「いなくなったりしないわ」

「本当に？」

「本当よ」

美樹はそれでも、しばらくの間ぐずぐずと泣いていた。まるで小さな子どもにかえってしまったかのようだ。由紀乃は美樹の背を撫でてやった。震える体に寄り添った星羅が他愛《たわい》のないことをあれこれ話しかけているうちに、美樹は少しずつ落ち着きを取り戻した。

「大丈夫？　寝ぼけちゃった？」

わざとなんでもない口調で由紀乃は聞いた。美樹は首を傾げた。

「夢を見ていたのかな……よく覚えていない」

「何か温かい物を飲みましょうか」

由紀乃はリビングの明かりをつけた。美樹はまだ不安そうで、ぎゅっと星羅の手を握っている。暖房をつけて部屋を暖めてから、由紀乃はミルクパンと牛乳を取り出した。

ホットミルクを作っている間、美樹は膝を抱えてソファに座り込んでいた。星羅がピタりとその背にくっついて、二人はまるで冬空の下でぬくもりを分かち合う子猫のようだった。

　由紀乃は蜂蜜を落としたホットミルクのカップを三つ運んだ。

「おいしい」

　カップを両手で持った美樹の頬がようやく緩んだ。

「星羅ちゃん、びっくりさせたでしょ。ごめんね」

「ううん、大丈夫」

「時どき、眠ったまま歩き回っちゃうんだって。自分ではわからないけど」

「お母さんって、呼んでた」

　美樹はうなずいた。

「ぼんやり覚えている。私、探していたみたい。お母さんとお父さんと、尚也君が、どこかに行っちゃって……」

　由紀乃は、ホットミルクを飲む手を止めた。

　以前、事務所のソファで眠ってしまった美樹が、事故の夢を見て魘《うな》されたことがある。あの時は夢の内容まで聞かなかった。

　今までずっと、由紀乃は事故にあった車の後部座席に座っていた美樹と尚也が助かったのだと思っていた。尚也は入院したが、小さな体の美樹は運良く隙間にもぐりこむ形になって無傷で助かったのだろうと。

けれど今夜、美樹は言った。

お母さんは私を抱きしめたまま、死んじゃった。

美樹と並んで後部座席に座っていたのは、彼女の母親なのか？　隣にいた母親が全身でかばったから、美樹は大きな怪我を負うこともなく助かったのだ。

では、尚也は損壊の激しい車両前方に乗っていたことになる。ハンドルを握っていて、ほぼ即死だったという義兄の隣に。

みんな、いなくなっちゃった。

由紀乃はきつく唇を噛み締めた。

「由紀乃さん、どうしたんですか？」

星羅の声に顔をあげると、さっきまで夢の中をさまよっていたような美樹までも心配そうに由紀乃を見ていた。

「ああ、ごめんなさい。ちょっとぼうっとして」

由紀乃は言葉を切った。

コーヒーショップで声をかけてきた一族の男、比佐々木は由紀乃に言った。

今の尚也は、由紀乃が知るかつての彼ではない。巧妙に仕立てあげられた偽者なのだ。由紀乃や美樹を欺《あざむ》くだけの力を、尚也は持っているのだと。

尚也に会いたい。会って、その胸のうちにある想いを聞きたい。

「美樹、星羅ちゃん」

由紀乃は二人の肩に手を置いた。

「ちょっとだけ下に行って来るから、お留守番していてくれる？」

「こんな時間に？」

星羅はびっくりしたように聞いたが、美樹はうなずいた。

「尚也君の所に行くの？」

「ええ」


尚也は、きっともう眠っている。

身支度を整えてセキュリティキーを手にした由紀乃は、そう自分に言い聞かせていた。

そのことを望むような、恐れるような気持ちで、階段を降り常夜灯だけが灯《とも》るフロアに立つと、事務所の入口からは明かりが漏れていた。

「力ある者が、誓約に縛られない状態で時計を手にしたらどうなるか。どうか、お考えになってください」

比佐々木の声が頭に響いて、目が回りそうだった。

ふうっと一つ深呼吸をしてから、由紀乃は事務所の扉に手をかけた。

尚也はフロアの中央にあるカフェスペースで本を読んでいた。ミーティングやお茶の時間、皆が集うテーブルだ。

「中西君」

由紀乃の姿を認めた尚也は、弾かれたように立ちあがった。

「こんな時間に、どうしたんだ？　美樹たちに何か？」

「何でもない。ただ、急に顔が見たくなって……この間、ひどいことを言っちゃって、その後、バタバタして、きちんと謝っていなかったし」

「君が謝る必要など、何もない。あの日は私も、言葉が足りず、きちんと気持ちを話すことができなかった」

尚也は一つ一つ確かめるように、言葉を続けた。

「私はただ、美樹に明かりをあげたかった。私がいたら明るくて、いなくなったら光を失ってしまう。そういう、ひと時の恋のような明かりではなくて、どんな闇にも翳《かげ》らぬ明かりを、美樹の胸に残してやりたい」

残してやりたい。尚也はそう言った。別れの時が近いと、知っているかのように。

由紀乃は聞いた。

「なぜ今、美樹の手を離そうとするの？」

「それは……」

「一族の男の人に会ったわ」

「比佐々木か？」

「驚かないのね」

「彼は何を言った？」

「色々なことを。あなたが美樹の後見人でいることが、ずいぶん気に入らないみたいだった。何よりも、美樹を村に連れ戻して誓約をさせたいと」

「誓約？　承継式で宗主が述べる口上に、そういったものがあったな」

「言霊の力によって、幻影時計の使い手を縛るもの。美樹が過ちをおかす前に」

尚也は由紀乃の目を見た。互いを探るような沈黙が落ちる。言葉にしたら、何かが壊れてしまう。

尚也が、ゆっくりと口を開こうとした時だ。

カシャン。小さな音がして、事務所の入口から星羅が姿を現した。美樹が一緒だ。二人ともパジャマではなくて、暖かそうな格好をしてコートを着ていた。

「何をしているの？　二人とも」

星羅が言った。

「私、お母さんに会いたい」

「会いに行こう」

美樹が星羅を励ますように、強くうなずいた。

「今から会いに行こう」

「今からって、そんな……」

由紀乃は戸惑って尚也の顔を見た。深夜で、雪も降っている。

「行ってらっしゃい」

尚也が優しく星羅に答えた。

「中西君、一緒に行ってくれるか」

「明日では駄目なの？　星羅ちゃんの家族だって眠っているでしょうし」

「そちらについては美樹が何とかする。ただ道中は、こんな時間に子どもだけで行動させるわけにはいかない」

「坂井君は？」

「私はここで待っている」

尚也は電話を取り上げるとタクシーを呼んだ。

「ちょっと待っていて」

由紀乃は反論を諦めて、財布とスマホを取りに部屋に戻った。

上着を羽織るが、雪が降る深夜の外出にはいささか心もとない。ここ数日の冷え込みは急だったから、尚也の家に持ち込んだ荷物の中に、他に防寒着になるものはなかった。

美樹と尚也が暮らす部屋をぐるりと見回して、由紀乃は椅子の背にかけられたカーディガンを手に取った。

「借りるわよ」

手触りの良いカシミアは驚くほど軽くて薄いので、由紀乃にはだいぶサイズが大きいカーディガンを、なんとか上着の下に着込むことができた。急いで戸締りを確認して戻ると、もうタクシーが到着していて、尚也が二人の子どもを連れて事務所を出るところだった。

マンションの下まで由紀乃たちを送ってくれた尚也は、タクシーの後部座席に美樹と星羅を乗せて運転手に行き先を告げた。

「気をつけて」

ドアを閉めようとする寸前に、美樹が手を伸ばして尚也の腕を掴んだ。

「待っていてくれる？」

「美樹？」

「私が帰るまでちゃんと、待っていてくれる？」

尚也は驚いたように軽く目を細めたが、すぐに微笑んだ。

「もちろん、起きているよ」

美樹はまだ何か言いたげだったが、尚也はそっとタクシーのドアを閉めた。由紀乃は助手席側に回った。


サイドミラーに映る尚也はすぐに降る雪に見えなくなった。東京には珍しく、サラサラとした軽い雪だ。

「朝までには、かなり積もりそうですね」

事務所で手配するタクシー会社は決まっているから、運転手はたいてい顔なじみだ。深夜に、いかにもわけありな客を乗せても、詮索《せんさく》するようなことはない。

「これだけ降るのは三年ぶりじゃないですか？」

運転手の言葉にうなずいて、由紀乃は白い闇の先を見つめた。

普段はこの時間でも大通りを絶えることなく行き交う車も、雪のせいでまばらだった。ノーマルタイヤのタクシーは慎重に積もり始めた雪道を走る。後部座席の二人はぴたりと寄り添っているものの、おしゃべりをする様子はなかった。

しんとした車内が気づまりなのか、運転手は一人話し続けた。

「今夜はまだ良いけれど、明日の朝が怖いんですよね。全部、凍っちゃうから。バスはチェーンをするけど、タクシーはほとんどそのままで」

スリップ事故や、轍《わだち》にはまって動けなくなる車、明日の朝、都内が大混乱することは、ほぼ確実だ。

運転手はそれから、自分が若い頃に経験した雪道での恐怖体験を臨場感たっぷりに語り始めた。それはまるで深夜ラジオのようで、由紀乃はぼんやりと耳を傾けていた。

「春ですねえ」

ほとんど意識を向けていなかったのに、その言葉はふいに由紀乃の耳に飛び込んで来た。

「春？」

思わず運転手の顔を見てしまう。こんなに冷え込んで、雪が舞う夜なのに。

「私、岩手の生まれなんですが、東京では、雪は春が近づくと降る印象があるんですよ」

「……そうかもしれませんね」

東京の冬は乾燥しているから気温が下がってもなかなか雪は降らない。冬の初めの頃は雪と言うより霙混《みぞれ》じりの雨だし、一番寒い時期に降る雪は乾いた冷たい空気の中をチラチラ舞う程度で終わってしまうことが多かった。

春が近づいてきた頃に、思い返したような寒気がやって来ると、湿った雪がどっさりと降る。前回、この町に大雪が降ったのは、由紀乃がまだ尚也の事務所に来る前だった。


深夜の住宅街を走るタクシーは、やがて一軒の家の前で止まった。由紀乃は料金を払ってタクシーを降りた。レインシューズもブーツもなかったから仕方なく履いたパンプスが雪に埋もれる。

後部座席のドアが開いて、美樹と星羅が降りてきた。ほとんどを病院で過ごしていた星羅にとって、その家は馴染みがある場所ではないはずだ。それでも雪に埋もれる小さな庭を見て、少女は嬉しそうにほっと息をはいた。

由紀乃はあたりを見回した。人を訪ねるには、やはり非常識な時間だ。

「どうするの？」

「大丈夫」

美樹は落ち着いていた。ためらいなく、雪が積もった門扉《もんぴ》を押し開ける少女に、由紀乃と星羅も続いた。白い庭先に三人の足跡が残った。

コロンコロン。素焼きの鈴に似たチャイムの音が家の中で響いた。しばらく待つと、ぱっと明かりがついた。

「美樹」

「なに？」

「お母さんは、麻衣子がいて、新しいお父さんがいて、きっと元気になれるの。だから、夢だって思っていて欲しいの」

「うん、わかった」

扉を開けたのは若い女性だった。

「……星羅」

「お母さん」

「ああ、星羅」

女性は両手を広げて、しっかりと星羅を抱きしめた。彼女は亡き娘が帰って来たことを怪異とは思っていない。そして彼女の瞳に、美樹も由紀乃も映っていないのだ。星羅の新しい父親は姿を見せなかった。ぐっすりと眠りこんでいて、外の世界で何が起きているのか彼は知らないのだ。

「さ、入って」

星羅の母親は抱き上げるような勢いで娘を家に上げた。美樹と由紀乃も周囲に気をくばりながら続いた。


暖かい部屋に、その子どもは眠っていた。ベビーベッドの中で健やかな寝息をたてているのは、星羅の妹だ。

「あなたの妹よ。お見舞いには赤ちゃんを連れていけなかったから、会うのは初めてね」

星羅は手を伸ばして、赤ん坊の頬に触れた。赤ん坊はくすぐったそうに顔をくしゃりとして身じろぎしたが、目を覚ますことはなかった。

「抱いてみる？」

「え」

星羅は慌てたように首を振った。

「落っことしちゃいそうで、怖いから」

「大丈夫よ。手をこうしてね」

星羅が教えられたようにすると、母親は赤ん坊をベッドから抱き上げて、そっと娘の腕に抱かせた。

「首を支えてあげてね。上手よ。とっても気持ちよさそうに眠っているわ」

「こんなに小さいのに、重いね」

星羅はしばらく、ふわふわした小さな体を大切な宝物のように抱きしめていた。

「私の妹」

やがて母親が優しく赤ん坊を抱きとって、もとの通りにベッドに寝かしつけた時、星羅は言った。

「お母さん、ぎゅっとして」

背伸びした星羅を、母親はぎゅっと抱きしめた。

「今夜はいっしょに寝ようね」

「うん」


母の腕に抱かれたまま、星羅は消えていった。母に抱かれた少女が横たわっていた場所には、銀の時計だけが残された。腕の中の娘が消えたことに気づかぬまま、星羅の母親は深い眠りの中にあった。静かな息づかいとともに毛布が、ゆっくり上下する。

「どうして……」

由紀乃のつぶやきに、美樹は首を振った。

「今は、ここを出なきゃ」

「ああ、そうね」

美樹が懐中時計をポケットに収め、二人は自分たちがこの部屋にいた痕跡が残っていないことを確かめた。最後に、由紀乃が部屋の電気を消した。美樹と二人で足音を忍ばせて家から出ると、背後ではオートロック式の鍵がかかる音がした。

雪を踏みしめて庭を抜け、通りに出て門扉を閉める。庭に残る足跡は朝までに雪が隠してくれる。今夜、この家を訪れた者はいないのだ。朝になって目がさめた時、星羅の母親は、夢で娘と会ったと思うはずだ。


由紀乃と美樹は、誰もいない住宅街を大通りまで歩いた。雪を踏む音だけが微かに聞こえる静けさの中で、長いこと二人は無言だった。

「……美樹、時計を見せて」

由紀乃は思い切って言った。足を止めた美樹がポケットから銀の懐中時計を取り出した。月明かりの下で二人は文字盤を覗き込んだ。

二重になった文字盤の内側を回る針は現実の時を示し、外側を回る針は契約者が持つ残り時間を示している。その針がゼロを示した時に、彼らの時間は終わるのだ。

今、外側の針はゼロを示し、内側の針は午前一時四十二分を示し、凍りついたように動きを止めていた。契約者である星羅が消えたからだ。新たな契約者の訪れを告げるまで、その時計は沈黙を守る。

由紀乃はスマホを取り出して、スケジュールを確認した。槇村の協力を得て練り上げた、星羅のための予定表だ。彼女は、もう一日ぶんの時間を持っていた。それなのに、由紀乃と美樹の見守る前で、母に抱かれたまま姿を消した。

約束されていたはずの彼女の時は、どこに消えたのか？

「まさか、そんなこと……」

由紀乃は空を見あげた。雪が降っていて月も星も見えないけれど、この空に消えない明かりがあるはずだ。季節が美しく厳しく移り変わっていくように、人の手が届かないどこか遠いところに、永遠の清らかな明かりがある。

高く、遠い空のどこかに。尚也はそれを、美樹にあげたいと言ったけれど。

ぎゅっと手を握られて、由紀乃は驚いて美樹を見た。

「泣かないで、由紀乃さん」

それで初めて、由紀乃は自分が涙を流していることに気づいた。気づいてしまったらもう、こらえることはできなかった。

雪の中にしゃがみ込んで、由紀乃は泣いた。美樹の手が背を撫ぜた。大人と子どもが逆転したように、ただ少女に守られて由紀乃は泣いた。

「……知っていたの？」

ようやく涙を拭いて、由紀乃は聞いた。

「坂井君が本当は、この町にいないこと」

比佐々木は、美樹の側にいる尚也は巧妙に仕立てあげた身代わりだと言った。彼は、真実の近くにいたことになる。本物の尚也は遠く離れた北の地で眠っている。尚也の父が経営する病院に極秘裏に入院しているという患者こそ、彼なのだ。

意識はなくとも、尚也は少なくとも生きて、呼吸をしている。栄養補給され、排泄し、爪も髪もわずかずつ伸びているのだろう。だから彼は、事務所を訪れた契約者たちのように死者ではないかもしれない。

でも彼の生は、偽りだ。

「美樹は、知っていたの？」

美樹は、じっと由紀乃の目を見ながら答えた。

「思い出したの。星羅ちゃんが来てから、少しずつ」

「でも、驚いてはいなかったわね」

「それは……きっと、初めは知っていたから」

美樹は白い息を吐いた。由紀乃はすっかり冷えて強ばった膝を騙しながら立ち上がった。

カシミアのカーディガンを首元まで引き上げる。

「事故の後、尚也君はもう目を覚まさないと言われたの。でもそのすぐ後に、私の前に現れた」

ポツリ、ポツリと、美樹は言葉を綴った。

「すぐにわかった。お母さんが保険の契約者と話すところを何度も見ていたから」

「一族の中で、他に知っている人は？」

尚也の母親、先々代の宗主が知らないはずはない。尚也が守られているのは、彼の父親の病院だ。他にも一族の中でも限られた者だけは、真実を知っているのだろう。

「誰とも話したことがないから……」

「そう。そうよね」

由紀乃の母がそうであるように、一族の大半の者は、尚也が快復し美樹を連れて上京したと思っている。彼をよく知る者がいるあの村では、事故を境に彼が変わったと感じる者がいたかもしれないが、この大都会では違う。

坂井尚也という人物を、誰も知らないこの場所なら。

「私は自分をごまかしていたんだと思う」

美樹は囁くように続けた。

「尚也君は元気になって、側にいてくれるんだって。いつの間にか、本当にそう思ってた。何かおかしいと感じることがあっても、目を伏せて耳を塞《ふさ》いだ」

自分を責める美樹に由紀乃は首を振った。

「あなたは悪くはない」

たぶん始まりは、誰も悪くはなかったのだ。

「坂井君は、終わりが近づいていることに気づいたのね」

それがいつからかはわからない。でも尚也は不自然な命に遠からず終わりが来ることを覚悟していた。彼に事務所を託そうとした島田のためには自身の代わりとして槙村を探し出し、美樹が一人で生きていけるように手を離そうとした。

でもまだ早いと、彼は思ったかもしれない。あと一年、二年、時が必要だと。

そして、許されないことをした。

帳簿に記された時間と、尚也が契約者に告げた時間が違ったことがある。あれはミスではなかったのだ。

力ある者が、誓約に縛られない状態で時計を手にしたらどうなるか？

比佐々木が尚也に抱いた危惧《きぐ》は現実となったのだ。もう、ずっと前から、それは現実だったのだ。

「私は、裁かなくてはならない」

美樹の口から、少女のものとは思えないほど、暗く重い言葉が零れた。


「お帰り」

尚也は、いつものように笑顔で由紀乃と美樹を迎えてくれた。

「タクシーに乗る前に連絡をくれたら、熱い紅茶を入れておいたのに……」

「星羅ちゃんが消えたわ」

尚也の言葉を、美樹は冷たく遮った。少女のそんな声は初めて耳にする。

「そうか」

由紀乃が身をすくめるほど厳しい声にも、尚也は怯《ひる》むことはなかった。

「あの子の時間を……」

「奪い取ったんだ、私が」

彼ははっきりと認めた。やけを起こしたのではなく、開き直ったのでもなく、表情にはむしろ安堵が滲《にじ》んだ。

「そんなことをできるなんて、知らなかった」

美樹がつぶやいた。

「過去の事例にだって出てこない」

契約者たちの権利である時間を別の人に渡すような特例は、由紀乃の知る限りでもなかった。そんなことができると考えたことすらない。

「言霊に縛られることのない私には可能だった。幻影時計の全ての力を使うことが」

美樹にも可能だと、その言葉を尚也は口にしなかった。

「星羅ちゃんと御手洗さんだけじゃなくて、他の人からも？」

「ここ二年ほどは」

「丸ごと、盗んだ人もいた？」

美樹は畳みかけた。

「保険をかけていながら、現れなかった人たち。そういう人たちは残した想いがなかったんだって、あなたは私に言ったけれど、それも嘘だったのね」

「それは……」

何か言いかけて、尚也は口をつぐんだ。

幻影保険は、貯蓄ではなく保険だ。時間を預けておきながら使う必要がなかった者がいてもおかしくはない。死後に事務所を訪れることがなかった契約者全てが、尚也に時を奪われたのではない。

けれど尚也は、その言い訳を口にしなかった。

「あなたのしたことは、許されない」

美樹はまっすぐに尚也を見た。

「一族を背負う者として、私は裁かねばならない。坂井尚也を追放する。一族の地から、全ての絆《きずな》から」

美樹は泣かずに言い終えた。

「今この時から、永久に」

尚也はうなずいた。

どこかほっとしたような誇らしげな表情を見て、由紀乃は知った。尚也は自分のためだけに禁忌をおかしたのではない。美樹が一人で立てるようになるまで、彼にはどうしても時間が必要だったのだ。

美樹はきっと、幻影時計を操る最後の宗主となる。

「……君を苦しめたな」

「苦しかったのは、尚也君だよね」

ふいに美樹の声が震えた。

美樹のことが心配で逝くことができなかった人は、ただ彼女の側にいて支えるために、罪を犯し続けた。誰に対しても、穏やかに、明るい笑顔を向けながら、ずっと苦しんでいたのだ。ただ美樹の側にいるために。

「もういいの」

美樹は尚也に抱きついた。一族の長《おさ》として尚也を裁き、罪を突きつけることができる彼女はまた、家族として彼を愛し、救うことができる唯一の存在なのだ。

「もう、苦しまないで」

美樹は囁いた。

「美樹……」

「私はもう大丈夫だから」

ちゃんと生きていくから、心配しないで。もう逝っても良いのだと。


「何がありました？」

深夜にもかかわらず、尚也の呼び出しに駆けつけた槇村は、事務所に集う面々を見るなり、そう聞いた。

「こんな時間に本当に申し訳ありません」

槇村の質問には答えず、尚也は頼んだ。

「今夜、美樹を島田先生のお宅で預かっていただきたいのです。私は急な出張が入ってしまったので」

「中西さんは……」

何か言いかけたが、槇村は言葉を呑み込んだ。首に巻いていたマフラーをほどくと、彼はそれを手に、ソファに腰を下ろす美樹の側まで歩いて行った。ソファの傍らに膝をついて美樹と視線の高さを合わせると、槇村は聞いた。

「それで良いのか？」

美樹がうなずく。言葉が出ないのは、何か言ったら泣き出しそうで、必死でこらえているからに違いない。小さな体で精一杯、美樹は現実を受け止めようとしているのだ。

「そうか」

槇村は手にしたマフラーをふわりと美樹の首に巻いてやった。そっと手を引いてソファから立ち上がらせると、それきり何も言わずに尚也の側を通り過ぎた。槇村はただ、事務所を出て行く時、由紀乃に小さくうなずいた。


「君も、行ってくれ」

尚也は言った。

「朝まで、まだ少し時間があるだろう。眠った方が良い」

由紀乃は尚也を見つめた。

「私は、ここにいる」

「由紀乃」

「あなたの側にいる」

美樹は彼を裁き、癒《いや》した。では由紀乃にできることは?

「世界の全てがあなたを責めても、それ程に許されないことをしたとしても、私はあなたの味方になる」

由紀乃にできることはただ、尚也を愛することだけだ。彼の弱さも卑怯《ひきょう》な部分も、全てを受け入れて、彼を抱きしめる。

「時間が必要なら私から盗めばいい」

「馬鹿なことを……」

尚也は力なく吐き捨てた。

「私が君を仲間にしたのは、野心を持たない君の性格が好都合だったからだ。幻影時計の力を知ってなお、美樹を利用することはないだろう、どこまでも傍観者でいるだろうと」

「ひどいことを言うのね」

「幻滅しただろう？」

由紀乃は小さく笑った。

それが尚也の本音でも、由紀乃を追い出すための偽りの言葉であっても、どちらでも良かった。由紀乃はもう、彼の思い通りにはならない。かつてのように、ものわかり良く別れてなんかやらない。

今はじめて、心から欲しいものができたのだ。手を汚しても、心を傷つけてでも欲しいものが。だから由紀乃は言った。

「逝かないで、尚也」

彼を苦しめるとわかっていても。

「逝かないで」

それでも、彼が何より求める言葉だと思ったから。

「……由紀乃」

尚也の手が恐る恐る、由紀乃の背に回される。

もっと早く、この手を取るべきだった。つまらない意地をはったり、照れくさがったり、怖がったり、そんなことをしてはいけない。

残された時間がわずかでも、あるいは永遠であったとしても、想いを告げるべき時はいつだって、今この瞬間にしかない。


目覚めた時、由紀乃はベッドで一人きりだった。尚也を抱きしめていたはずなのに、手の中に残されたものはカシミアのカーディガンだけだった。彼の香が残る柔らかな。

積もった雪のせいか、いつになくひっそりとした朝だった。

マンションの郵便受けに新聞が放り込まれる音も、ベーカリーの厨房で鉄板が触れ合う音も、散歩する犬の声もない。一人だけ異次元に紛れ込んでしまったかのようだ。

由紀乃は身支度を整えて二階の事務所に降りた。空っぽの事務所を通り抜けて、尚也のオフィスに向かう。

主をなくした部屋は、静かに由紀乃を迎えた。デスクには銀の懐中時計と、古い封筒が置かれている。幻影時計と、セアラの手紙だ。

由紀乃は懐中時計の蓋を指先でそっと撫でた。これは、美樹に託されたもの。それなら手紙は、由紀乃へ残されたものだ。

それが尚也が自分に宛てて書いた手紙でないことに、由紀乃はわずかに落胆する。昨夜もそうだった。彼は言葉にしては何一つ、語ってくれなかった。

由紀乃は封筒から便箋を取り出した。手擦れがし、すっかり変色した紙に、青いインクの文字は今なお鮮やかだった。

綴られた言葉は長くない。

「私の『時』を、あなたに託します。願わくは、幸福を。この命が尽きるとも、彼が必要とするならば、いつなりと傍らにあり、その消えない明かりとなれるよう、心から願います」

由紀乃は、朝の光が差し込む窓辺にサボテンの鉢を置いた。葉の具合を確かめて、少しだけ霧吹きで水をやっていると、入口の扉が開く音がした。

「おはようございます」

入ってきたのは槇村だった。

「早いのね、美樹は？」

「それより、坂井先生は？」

「坂井君は、もうここには来ないわ」

「消えてしまったんですか？」

「……どうして、そのことを」

「美樹さんから、みんな聞きました。あの子は強い子だ。あなたのことを頼まれました」

「そう。美樹が話したの」

それでは、美樹は見つけたのだ。つらい時、心を預けることができる相手を。

「明け方、出て行く気配がしたわ」

「なんで！」

黙って行かせたのか？　引き止めなかったのか？

「行きそうな場所に心当たりがありますか？」

「いいの」

今にも事務所を飛び出しそうな槇村を、由紀乃は引きとめた。

「行かせてあげて。美樹も、そう言ったでしょう？」

「ですが……」

「彼は、誰にも見せたくないのよ」

尚也は消えていく姿を誰にも見せたくないのだ。自分のために、もう誰も泣かせたくはない。彼は、そういう人だった。優しくて、少し臆病で。

由紀乃には、尚也が最後に行く場所がわかるような気がした。彼は故郷に戻ったのだ。逃れたいと願ったこともあるけれど、彼を生み育んだあの村。雪深い里に、春はまだ来ない。彼が選ぶのはきっと、村を一望できる小学校の裏山だ。子どもの頃、二人で世界を見渡して心をわけあったあの場所で、尚也は光に溶けるように消えていく。

それは悲しくも、幸福な情景だった。


槇村の足音がキッチンに消えた。

ガスの火をつける音。コーヒー豆を挽く音。カップと受け皿が触れあう音。

そして開いた窓からは、朝の風が静かに吹き込み、一日の始まりを由紀乃に告げた。一人でも歩いて行く、今日という日の始まりを。


（終）

小林栗奈（Kurina Kobayashi）

1971年生まれ。東京都多摩地方在住。中央大学文学部で図書館情報学を学ぶ。表の顔は地味で真面目な会社員だが、本性は風来坊。欲しいものは体力。2015年、第25回「ゆきのまち幻想文学賞」長編賞受賞。2016年『利き蜜師』で第三回「暮らしの小説大賞」出版社特別賞を受賞し、『利き蜜師物語　銀蜂の目覚め』（産業編集センター）として刊行。他に『利き蜜師物語2　図書室の魔女』『利き蜜師物語3　歌う琴』『利き蜜師物語4　雪原に咲く花』『骨董屋・眼球堂』（産業編集センター）がある。

西新宿《にししんじゅく》　幻影物語《げんえいものがたり》

2020年2月14日　第一刷発行

著者　小林栗奈

装画　吉田誠治
装幀　カマベヨシヒコ（ZEN）
編集　福永恵子（産業編集センター）

発行　株式会社産業編集センター
〒112-0011東京都文京区千石4-39-17
TEL 03-5395-6133　FAX 03-5395-5320

印刷・製本　株式会社シナノパブリッシングプレス

ISBN978-4-86311-256-8　C0093